Nils Perick

Das neue Lächeln
aus dem Norden

Nils Perick

Energiesparen macht Spaß

Das neue Lächeln aus dem Norden

33 Szenen aus dem deutschen Alltag

Bibliografische Information der Deutschen Nationalbibliothek
Die Deutsche Nationalbibliothek verzeichnet diese
Publikation in der Deutschen Nationalbibliografie;
detaillierte bibliografische Daten sind im Internet über
http://dnb.d-nb.de abrufbar.

© 2011 Nils Perick
Fotos: Sylvia Wolf, Hamburg
Umschlagdesign, Herstellung und Verlag:
Books on Demand GmbH, Norderstedt
ISBN 978-3-8448-7375-7

Der Autor

Nils Perick

... wurde als „Peter Rickers" in Berlin-Charlottenburg geboren. Seine Kindheit verbrachte er in Hamburg und in Hinterpommern (Tempelburg – heute „Czaplinek"). Wenige Monate vor Kriegsende landete er in Kiel, wo er aufwuchs und groß wurde (1,90 Meter). Nach längerer Tätigkeit als Kartograph und (Jazz-)Musiker zog es ihn – in dieser Zeit wurde auch „Nils Perick" geboren – zum Journalismus und nach Hamburg, wo er als Redakteur bei einer großen Tageszeitung arbeitete. Danach war er Mitbegründer und -inhaber einer Presse-Agentur und schließlich Anzeigenblatt-Verleger. Bis heute arbeitet er als Autor, wurde vom Hamburger Senat für seine Tätigkeit im soziokulturellen Bereich mit einer Ehrenmedaille ausgezeichnet und besucht an den Wochenenden meist seine Familie in Mecklenburg.

Von Nils Perick wurde eine Vielzahl von Texten in über fünfzig Zeitungen, Zeitschriften und anderen Publikationen, sowie im Hörfunk veröffentlicht. Zur Zeit arbeitet er an mehreren Buchprojekten und freut sich auf eine Lesungsreihe „Das neue Lächeln aus dem Norden".

Inhaltsverzeichnis

I. Kapitel: *So sparen wir Energie*   9

    Energiesparen macht Spaß   11
    Teelöffelstemmen   14
    Lächeln statt Lachen   19
    Neues Abstimmungsverfahren   26
    spart Kraft

II. Kapitel: *Nils Perick und die Frauen*   31

    Sophia Loren und ich   33
    „Lass mich endlich in Ruhe!"   37
    Keine Blumen für Claudia   41
    Gartenzwerge vermehren sich   48

III. Kapitel: *Fit sein macht Spaß*   55

    Besser (aus-)sehen mit Sehhilfe   57
    Gehobene Literatur   61
    Die Kunst des langsamen Laufens   65
    Keine Neurose ohne Dornen   72

IV. Kapitel: *Der Alltag hat uns fest im Griff*   77

    Leise fieselt das Spray   79
    Bürgererschießen in Wandsbek   83
    Urlaub mal anders   87
    Vorsicht, Jagd!   93
    Agamemnons Tochter   97

V. Kapitel: *Kinder sind unsere Zukunft*   *105*

Die Kunst des Babysittens   107
Basteln mit Ann-Jana   113
Ein Kinderspiel   119
Nils, das Wunderkind   125

VI. Kapitel: *Eigenartige Berufe*   133

Der Grashalmabknipser   135
Anhänger-Verleih   139
Der Nichtmacher   147

VII. Kapitel: *Pricks Tierleben*   153

Fliegen auf dem Lande   155
Amsel bei Rot über die Kreuzung   161
Immer wenn der Kuckuck ruft   166
Die Kunst des Fliegenwerfens   171

VIII. Kapitel: *Der Fortschritt ist nicht mehr aufzuhalten*   *175*

Das Geheimnis des Kugelschreibers   177
So reisen wir richtig   183
Die elektrische Stirnleuchte   191
So retten wir unser Land   199
Mit dem Handy in die Zukunft   205

"Energieeinsparung: Senkung des Energieverbrauchs durch technische und bauliche Maßnahmen, bzw. rationelleren Einsatz von Energie". (Lexikon)

"Wer lächelt, benötigt dafür weniger Energie als derjenige, der lacht". (Nils Perick)

1. Kapitel

So sparen wir Energie

"Die kürzeste Verbindung zwischen zwei Menschen ist ein Lächeln".

"Lächeln ist die eleganteste Art, seinem Gegner die Zähne zu zeigen".

Energiesparen macht Spaß

Eines ist mir völlig klar: Mit der Energie, da sieht es heutzutage gar nicht mehr gut aus. Das weiß ich von meiner Frau. "Nils", sagt die langjährige Gefährtin meines Lebens immer, wenn ich abends erschöpft nach Hause komme, "du bist der lebende Beweis dafür, dass die Energievorräte der Erde bedrohlich nachlassen. Man braucht dich nur anzusehen, wie du da zusammengesunken und kraftlos vor dem Fernseher hockst..."

Recht hat sie. Aber wenn man sich nur ein wenig Mühe gibt, kann man eine ganze Menge dagegen machen. Nehmen wir nur den letzten Sommer: Alle anderen waren an den Wochenenden in ihren Autos unterwegs. Ich dagegen habe Sonnenenergie umgewandelt.

Das ist gar nicht so schwer, wie es klingt: Ich habe mich einfach auf dem Balkon in die Sonne gelegt, und schon wurde mir herrlich warm. Nichts konnte mich dazu bringen aufzuhören, Sonnenenergie umzuwandeln. Auch nicht die langjährige Gefährtin meines Lebens, die gern wollte, dass ich den Mülleimer entleere, staubsauge, das Geschirr in den Geschirrspüler einsortiere und schnell noch einiges im Supermarkt einkaufe. Ich konnte das guten Gewissens glatt ablehnen. Energiesparen geht vor.

Oft sind es Kleinigkeiten, die zum Erfolg führen. So las ich, dass man sieben Prozent Energie spart, wenn man die Raumtemperatur um ein Grad senkt. Im Sommer hatte ich Schwierigkeiten damit. Aber jetzt habe ich zugeschlagen. Mit Hilfe des Taschenrechners fand ich heraus, dass man die Zimmertemperatur um fünfzehn Grad senken muss, um überhaupt keine Energie mehr zu verbrauchen. Es ging also nur noch darum, die Zimmertemperatur auf fünf Grad zu senken.

Zunächst einmal schickte ich die langjährige Gefährtin meines Lebens und die Kinder zu meinen Schwiegereltern. Das Problem war danach, die fünf Grad Innentemperatur zu erreichen, denn draußen hatten wir zehn Grad. Ich habe es dennoch geschafft - indem ich die Tür des Kühlschranks und die Kühltruhe öffnete. Es geht eben alles. Man muss es nur wollen.

Viel Energie spare ich auch dadurch, dass ich das sogenannte "Jogging" eingestellt habe. Es war mir schon lange ein Dorn im Auge. Gekeucht und gestöhnt habe ich, wenn ich über Straßen und durch Wälder strauchelte. Der ganze Körper tat mir hinterher weh, es war eine richtige Quälerei. Damit ist jetzt Schluss - und so hat das Energiesparen auch seine erfreulichen Seiten.

Konsequent bin ich meinen Weg weitergegangen: Glühwein trinke ich grundsätzlich nur noch kalt, Bratkartoffeln esse ich schon vorher gekocht, und den Staubsauger nutze ich zum Haaretrocknen, wenn er ohnehin in Betrieb ist.

Weil es mich weniger Energie kostet, nehme ich den Fahrstuhl, anstatt Treppen zu steigen und bemühe mich, in unseren Lampen Glühwürmchen zu züchten. Rechnungen und Mahnungen nehme ich für das Kaminfeuer, und beim Lesen blättere ich immer fünf Seiten gleichzeitig um. Das geht schneller und spart achtzig Prozent Energie.

Meine allerneueste Entdeckung ist, dass man sehr viel Energie für Arbeit braucht. Tatsächlich ist es so, dass Leute, die hart arbeiten, dabei mehr Energie verbrauchen als Leute, die überhaupt nicht arbeiten. Deshalb muss ich jetzt leider mit dieser Geschichte Schluss machen.

Die langjährige Gefährtin meines Lebens ist allerdings nicht länger bereit, mir auf diesem Weg zu folgen. Jedenfalls äußert sie seit einiger Zeit ziemlich lautstark ihren Unmut. Aber ich werde ihr klarmachen, dass auch Schimpfen letzten Endes nur Energieverschwendung ist. Bei mir auf jeden Fall!

Teelöffelstemmen

Schon die alten Griechen wussten, als sie noch jung waren: Ein gesunder Geist gehört in einen gesunden Körper. Gesundheit ist bekanntlich - nach den Kindern, die unsere Zukunft sind - unser höchstes Gut.

Nun ist ein gesunder Geist für uns Deutsche kein Problem: Wir sehen fern, sitzen vorm Laptop, lesen die Bild-Zeitung, und ich persönlich löse Kreuzworträtsel. Aber reicht das wirklich?

Mit dem gesunden Körper nämlich sieht es bei uns gar nicht gut aus. Man merkt es beim Fußball daran, dass wir immer mehr Spieler aus dem Ausland holen. Es reicht eben nicht aus, wenn die sportliche Betätigung darin besteht, virtuos die Fernbedienung des Fernsehers zu betätigen. Andererseits muss es auch nicht ausarten wie bei der langjährigen Gefährtin meines Lebens, die immer wieder versucht, mir den Staubsauger oder den Rasenmäher in die Hand zu drücken oder mir die Leine mitsamt Hund daran übergibt mit der Bemerkung: "Auf Wiedersehen in einer Stunde".

Hier gilt es, einen gesunden, körperverträglichen Mittelweg zu finden. Hinzu kommt, dass angesichts der weltweiten Energieprobleme beispielsweise auch vom Hanteltraining mit 50 Kilo-Gewichten dringend abzuraten ist. Denn jeder weiß, dass man, um Sport zu treiben, Energie benötigt. Angesichts der weltweiten Energieprobleme aber hat jeder von uns die Verpflichtung, Energie zu sparen. Daher muss man dieses Thema behutsam angehen. Jede unbedachte Übertreibung ist da von Übel.

Um aus diesem Dilemma herauszufinden, habe ich ein spezielles Trainingsprogramm entwickelt: das "Gewichtheben des kleinen Mannes", das aber auch für größere Männer und für Frauen geeignet ist. Ich habe es an mir selbst (1,90 Meter groß) erfolgreich getestet: Es funktioniert!

Es ist einleuchtend, dass das Stemmen einer 50 Kilo-Hantel erheblich mehr Energie verbraucht als das Stemmen eines Teelöffels. Man nehme daher einen ganz gewöhnlichen Teelöffel in die ausgestreckte rechte Hand. Man sollte nicht auf Eierlöffel aus Plastik ausweichen - das würde die Versuchsergebnisse verfälschen. Ebenfalls sollte man nicht zu schwere Teelöffel nehmen, etwa aus Silber. Gerade für den Anfang ist äußerste Vorsicht geboten. Wer nun an einer gleichmäßigen Ausbildung der Arm- und Schultermuskulatur interessiert ist, der sollte sich schon beizeiten einen Zweitlöffel besorgen und die Übungen bald nach dem Start des Programms mit beiden Armen gleichzeitig absolvieren.

Ein gewöhnlicher Teelöffel wiegt - das habe ich persönlich nachgeprüft - zwanzig Gramm. Man nehme nun diesen Teelöffel und stemme ihn mit gestrecktem Arm vorsichtig in die Höhe, etwa bis in Scheitelhöhe. Wenn kein Scheitel vorhanden ist, nehme man die Haarspitzen, was kräftemäßig nur einen geringen Mehraufwand bedeutet. Wenn kein Haar da ist, nehme man die höchste Stelle der Kopfhaut. Dann senke man den Teelöffel wieder auf die Ausgangsposition.

Nun gibt es natürlich Menschen, die das lächerlich finden und sagen: "Das ist doch Schwachsinn! Das bringt überhaupt nichts!" Aber diese Menschen haben nicht begriffen, worum es eigentlich geht. Es geht, primitiv ausgedrückt, darum, durch einen jederzeit dosierbaren minimalen Energieaufwand die Muskelbildung zu fördern und dennoch so viel Energie wie möglich und wie nötig zu sparen.

Das neuartige Trainingsprogramm berücksichtigt beides auf optimale Weise. Zwar wiegt ein Teelöffel nur zwanzig Gramm, aber bei drei Teelöffeln sind es bereits sechzig Gramm, wenn ich zehn Teelöffel in die Höhe stemme, gar zweihundert Gramm. Stemme ich nun - wenn meine körperliche Konstitution es zulässt - zehntausend Teelöffel in die Höhe, so sind das immerhin zweihundert Kilo. Das übersteigt in den meisten Fällen das Eigengewicht eines durchschnittlichen deutschen Teelöffelstemmers und darf als eine beachtliche sportliche Leistung gewertet werden.

Allerdings verfügen die wenigsten deutschen Haushalte über zehntausend Teelöffel. Es empfiehlt sich daher, ersatzweise e-i-n-e-n Teelöffel zehntausendmal in die Höhe zu stemmen.

Dabei kann allerdings der Zeitfaktor zum Problem werden. Veranschlage ich für das einmalige Stemmen eines Teelöffels auch nur zwei Sekunden, und das kann man schon als einen beschleunigten "Stemmvorgang" - so der Fachausdruck - bezeichnen, dann benötigen wir für zehntausend Stemmvorgänge in Euro umgerechnet rund fünfeinhalb Stunden. Und lege ich nach je tausend Stemmvorgängen eine Ruhepause von zehn Minuten ein, dann dauert dieses neuartige Trainingsprogramm insgesamt sieben Stunden.

Daraus ergibt sich, dass Berufstätige dieses Programm nicht täglich durchführen können. Man sollte es aufs Wochenende verlegen, was aber eventuell zu Spannungen innerhalb der Familie führen kann. Deshalb ist dieses Trainingsprogramm zunächst einmal für Singles zu empfehlen. Natürlich kann man sich für einige Tage krank melden, was aber gute Kontakte zum Hausarzt voraussetzt und beruflich zu

Problemen führen könnte. Oder aber man nimmt jeweils für eine entsprechende Zeit Urlaub und demonstriert damit sowohl dem Chef als auch den Kollegen, dass man zu Lasten der eigenen Freizeit bereit ist, etwas für seine Gesundheit und damit für das betriebswirtschaftliche Gesamtwohl zu tun. Da ist unter Umständen sogar eine Beförderung drin, wenngleich nicht von der Hand zu weisen ist, dass dadurch die infrafamiliären Bindungen einer starken Belastung ausgesetzt sein könnten.

All diese Überlegungen setzen natürlich eine gewisse geistige Flexibilität voraus, die sich aber normalerweise im Verlauf einiger tausend Teelöffelstemmvorgänge parallel mitentwickelt, so dass man - um in den Bereich der Biologie abzuschweifen - zwei Fliegen mit einer Klappe schlägt. Das allerdings sollte man vor dem Hintergrund unseres äußerst sensiblen Tierschutzes niemals wirklich tun.

Wem es gelungen ist, das beidarmige Teelöffelstemmen über mehrere Monate erfolgreich durchzustehen, der kann dann - nach Absprache mit seinem Hausarzt, dem Apotheker und seiner Lebensgefährtin - das nächste Trainingsprogramm ansteuern: das Esslöffelstemmen.

Lächeln statt Lachen

Auch ich habe früher gelacht. Ich habe oft gelacht. Ich habe gern gelacht. Aber da war ich auch noch jünger, noch nicht so vom Leben gezeichnet. Später wurde mir zunehmend klar, wie wenig wir im Grunde zu lachen haben. Und daher lachte ich immer weniger.

Ich litt darunter. Bis ich feststellte, dass sich meine Entwicklung durchaus mit einschlägigen Umfragen deckte: Danach können schon zwölf Prozent der 14- bis 29-Jährigen nicht mehr richtig lachen, bei den über 60-Jährigen sind es bereits 40 Prozent. Und ich konnte mir ausrechnen, dass bei den 120-Jährigen niemand mehr lacht: Ich befand mich mit meiner Entwicklung also voll im Trend.

Als Bestätigung empfand ich die Ergebnisse eines Wissenschaftsdienstes, der feststellte, dass Kinder 300mal am Tag, Erwachsene hingegen nur noch fünfzehnmal lachen. Auch hiernach befand ich mich auf dem richtigen Weg.

Gerade, als ich mit dem Lachen endgültig schlussmachen wollte, erfuhr mein innerer Kampf um die Frage „Lachen oder Nichtlachen" eine überraschende Wende. Ein Artikel in meinem Krankenkassenmagazin war es, der mich in eine tiefe Krise stürzte: „Lachen macht das Leben leichter" hieß es dort, und das wurde auch begründet: „Lachen vermag von Depressionen zu befreien, Schweres leichter zu ertragen, Süchte, Krankheitsanfälligkeiten sowie Rückenschmerzen zu lindern. Wenn das positive Lebensgefühl steigen soll, muss ein erwachsener Mensch mindestens dreißigmal am Tag lachen!"

Schlagartig wurde mir einiges klar. Mein Leben lang hatte ich um ein positives Lebensgefühl gerungen. Nun endlich wusste ich, weshalb ich keinen Erfolg hatte: Ich hatte nur noch fünfzehnmal am Tag gelacht. Tatsächlich aber hätte ich dreißigmal lachen müssen – ich hatte zu wenig gelacht!

Das bedeutete, dass ich meine Haltung zum Lachen grundsätzlich überdenken musste. Gestützt wurde ich dabei durch Informationen, wonach es in den USA seit einiger Zeit eine therapeutische Humorforschung gibt. „Gelotologen" (aus dem Griechischen: 'Gelos' – das Gelächter) sind es, die sich mit wissenschaftlichem Ernst bemühen, mit Hilfe des Humors das Schlimmste zu verhindern. „Zehn Minuten Lachen" stellten die US-Wissenschaftler fest, „reichen aus, um drei Stunden Schmerz zu lindern". Natürlich durchschaute ich sofort, dass dies eine volle Breitseite gegen unsere Wirtschaft war. Auf dem Umweg über das Lachen wollte man unserer weltweit erfolgreichen Schmerztablettenproduktion schaden, eine gezielte Attacke also gegen unsere Pharmaindustrie. Zehntausende Arbeitsplätze, zahlreiche deutsche Industriestandorte und Milliardengewinne der Konzerne waren in Gefahr – dies alles konnte mich folglich nicht veranlassen, auch nur eine einzige Minute länger zu lachen.

Aber dennoch begann ich zum Lachen eine insgesamt freundlichere Haltung einzunehmen. Unterstützt wurde diese Entwicklung durch die Erkenntnis, dass auch deutsche Beiträge zur internationalen Humorforschung zunehmend Anerkennung fanden. So erklärte ein deutscher Psychologe im besten Mannesalter auf die Frage: „Was passiert eigentlich beim Lachen?" ohne zu zögern: „Glückshormone werden freigesetzt, wir atmen schneller (was bei der zunehmenden Luftverschmutzung allerdings von Nachteil sein kann), Stresshormone werden abgebaut, der Blutdruck erhöht sich, das Immunsystem des Körpers wird gestärkt – insgesamt" so schloss er seine Betrachtung, „ist eine Minute Lachen so erfrischend wie fünfundvierzig Minuten Entspannung oder guter Sex".

Den „guten Sex" beschloss ich vorläufig zurückzustellen, um nicht unnötige Diskussionen zu provozieren. Auch den „erhöhten Blutdruck" musste ich ignorieren, da mein Arzt mir Tabletten verschrieben hatte, die gerade dies verhindern sollten. Aber fünfundvierzig Minuten Entspannung durch eine Minute Lachen schien mir ein attraktives Angebot zu sein. Zusätzlich stärkte mir ein renommiertes Team internationaler Gelotologen – darunter zwei Inder, ein Chinese und ein Tibeter – den Rücken, indem sie übereinstimmend sagten: „Lachen ist Balsam für die Seele".

Angesichts dieser erfreulichen Ergebnisse internationaler Humorforschung hatte sich in mir eine unaufhaltsam wachsende Lachbereitschaft aufgebaut. Glückshormone wurden freigesetzt, mein Immunsystem wurde von Stunde zu Stunde stärker, das Lachen schien mir den Weg zu einem glücklicheren Leben zu öffnen.

Aber dann erlitt ich erneut einen fürchterlichen Rückschlag. Eine internationale Forschergruppe veröffentlichte Untersuchungsergebnisse, wonach beim Lachen 81 von den insgesamt 656 Muskeln des Körpers betätigt werden müssen – mehr als viermal so viel wie beim Lächeln!

Das war ein Schock für mich. Zwar war mir auch schon vorher klar geworden, dass das Betätigen nur eines einzigen Muskels mit einem erheblichen Energieaufwand verbunden ist. Gleichzeitig war ich mir auch meiner persönlichen Verantwortung bewusst angesichts eines weltweit explosiv ansteigenden Energieverbrauchs bei rapide schwindenden fossilen Energiereserven.

Und nun muss es einfach mal ganz offen ausgesprochen werden: Wer trotz dieser existenzbedrohenden weltweiten Energieprobleme den Gebrauch von jedesmal 81 Muskeln mit dem entsprechenden Energieaufwand vielleicht sogar dreißigmal am Tag einfach so hinnimmt, nur um zu lachen, der handelt der Menschheit gegenüber verantwortungslos. Man bedenke: Rund sieben Milliarden Menschen gibt es zur Zeit auf der Erde. Wenn all diese Menschen täglich auch nur eine halbe Stunde lachen – und das Tag für Tag, Woche für Woche, Jahr für Jahr - , dann ist das eine unglaubliche Verschwendung potentieller Energiereserven. Gleichzeitig aber eröffnet sich weltweit ein gigantisches Energiereservoir, wenn wir bereit sind, in Zukunft auf das Lachen zu verzichten.

Wir brauchen deshalb nicht traurig zu sein: Wir lächeln ganz einfach. Beim Lächeln sparen wir rund 75 Prozent der Energie, die wir aufwenden müssten um zu lachen. Und: „Lächeln", so ein österreichischer Wissenschaftler, „ist uns angeboren. Man braucht es nicht einmal zu erlernen".

Auch das kommt uns entgegen. Lernen können wir stattdessen andere fürs Leben wichtige Dinge: Wie liebe ich meinen

Nächsten, ohne ihm zu schaden, wie bleibe ich bei guter Laune, wenn ich gerade meinen Job verloren habe, wie intrigiere ich erfolgreich gegen Freunde und Kollegen, wie lege ich mich mit meinen Nachbarn an – und was man sonst alles so im Leben braucht.

Schon unsere prähistorischen Vorfahren kannten das Lächeln als eine für das Fortbestehen der Menschheit lebenswichtige Geste. Unsere Urahnen, die vermutlich noch weniger zu lachen hatten als wir, zumal während der Eiszeiten, als das Eis noch eine ganz andere Qualität hatte als heutzutage im Eiscafé: Gelächelt haben sie auch damals schon, die Neandertaler und ihre erfolgreichere Konkurrenz, die Cro-Magnon-Menschen.

Da kam ein Fremder – mit Speer bewaffnet und mit Fell bekleidet, was beides heutzutage gar nicht mehr durchsetzbar wäre, lugte in eine einladende Felshöhle und sah sich einer Neandertaler-Großfamilie gegenüber. Er merkte sofort: Die sind mir zahlenmäßig überlegen. Ich habe keine Chance, also bin ich lieber freundlich – und schon lächelte er. Aber auch der Chef der Höhlenbewohner lächelte. Er dachte: „Man kann ja erstmal sehen, was für ein Typ das ist. Vielleicht können wir ihn gebrauchen. Umbringen können wir ihn ja immer noch".

Lächeln hat also Tradition. Und so plädiere ich dafür: Lasst uns künftig auf das Lachen verzichten, lasst uns lieber lächeln! Lächeln ist die kürzeste Verbindung zwischen zwei Menschen, kostet keine Anschlussgebühr und keinen monatlichen Grundpreis. Man lächelt fröhlich, schmerzlich, verständnisvoll. Man lächelt aufmunternd, vielsagend, geheimnisvoll. Man lächelt resigniert, verzeihend. Eine ganze Palette von Ausdrucksmöglichkeiten bietet sich da an – und ermöglicht uns darüber hinaus zusätzlich, Energie zu sparen.

Was mich betrifft, so denke ich in letzter Zeit immer mehr an Mona Lisa: Sie wurde durch ihr Lächeln weltberühmt. Niemand aus meinem Freundes- und Bekanntenkreis hat sie jemals lachen sehen. Nicht auszudenken, wieviel Energie Mona Lisa verschwendet hätte, wenn sie die ganze Zeit über, rund fünfhundert Jahre lang, gelacht hätte.

Übrigens: Internationale Humorforscher, die sogenannten Gelotologen, haben jetzt in einer bemerkenswerten Studie herausgefunden, was Mona Lisa und Nils Perick trotz aller Gegensätze miteinander verbindet:

Es ist das Lächeln!

Neues Abstimmungsverfahren spart Kraft

Andere Männer lieben ihr Vaterland. Manche ihre Frau – ich liebe die Demokratie. Von allen Staats- und Regierungsformen ist sie die mit Abstand am wenigsten schlechte. Und zwar deshalb, weil meine Stimme zählt!

Das heißt, ich darf sie von Zeit zu Zeit abgeben. Nein, nicht an der Garderobe. In einer Urne. Und weil meine Stimme zählt, wird sie anschließend gezählt. Und danach sogar veröffentlicht. Nie hätte ich das von meiner Stimme gedacht. Zumal sie bei weitem nicht so erfolgreich ist wie die Stimme von der Callas, von Caruso oder von Dieter Bohlen.

Aber nicht nur bei der geheimen, nein, auch bei der offenen Abstimmung zählt meine Stimme, zählen unsere Stimmen – nur geht hier alles viel schneller und direkter: Da wird festgestellt, wer bei welchem Tagesordnungspunkt dafür ist, wer dagegen und wer sich der Stimme enthält. Schon weiß man, was wir wollen, wohin der Weg führt und woher der Wind weht. Das ist auch gut so, und deshalb liebe ich die Demokratie.

Dennoch hat dieses System, von Politikern wie auch Juristen weitgehend unbemerkt, zwei entscheidende Schwachpunkte: Bei den offenen Abstimmungen muss jeder zur Abgabe seiner Stimme den Arm heben. Rechtshänder heben für gewöhnlich den rechten Arm, Linkshänder den linken Arm. Und genau da beginnt das Problem: Jedermann kann jetzt erkennen, wer Rechts- und wer Linkshänder ist!

Nun gibt es natürlich Menschen, die sagen: „Na und?"

Aber so einfach ist das heutzutage nicht mehr. Diese Menschen haben noch nicht erfasst, dass wir einen hervorragend funktionierenden Datenschutz haben, der von Tag zu Tag weiter ausgebaut wird. Früher begrüßte man seinen Nachbarn: „Guten Morgen, Herr Schulz, wie geht's?" Heute sagt man nur noch ganz einfach „Hallo!" Denn sowohl der Name unseres Nachbarn wie auch seine gesundheitliche Verfassung sind reine Privatangelegenheit und nicht für die Öffentlichkeit bestimmt.

Ebenso ist es reine Privatangelegenheit, ob jemand Rechts- oder Linkshänder ist. Das heißt: Bei den offenen Abstimmungen greift der Datenschutz bisher noch nicht.

Das ist der eine Schwachpunkt der offenen Abstimmung. Aber fast noch schwerwiegender ist der zweite: Wir alle wissen, dass wir bei Bewegung Energie verbrauchen – oder, wie die Physiker sagen, umwandeln. Wer bei einer offenen Abstimmung die Hand oder gar den Arm hebt, der muss dazu einige seiner Muskeln betätigen und verbraucht damit Energie.

Nun wissen wir alle, dass der rapide anwachsende Energieverbrauch weltweit zum Problem geworden ist. Das Überleben der Menschheit hängt nicht zuletzt davon ab, ob es uns gelingt, entscheidend Energie zu sparen. Vor diesem Hintergrund habe ich aufgrund meiner langjährigen Erfahrung als stimmberechtigtes Mitglied zahlreicher Institutionen ein völlig neues Abstimmungsverfahren entwickelt, das sowohl den ständig wachsenden Anforderungen des Datenschutzes wie auch der weltweit immer dringlicher werdenden Verpflichtung, Energie zu sparen, gerecht wird.

Sie, liebe Leserinnen und Leser, haben als erste – es ist eine weltweite Premiere – die Chance, mein neues Abstimmungsverfahren zu testen: Wer bereit ist, der Einführung meines neuen Abstimmungsverfahrens zuzustimmen, den bitte ich ... b e i d e Arme ... u n t e n zu lassen!

Gegenstimmen? Enthaltungen?
Keine! Danke, meine Damen und Herren, das war ein einstimmiges Votum für das neue Abstimmungsverfahren und damit ein beispielhafter Beitrag zur Lösung unserer Energieprobleme. Wer in einer offenen Abstimmung einen Arm unten lässt, statt ihn zu heben, der spart den Einsatz von Mus-

keln und damit Energie. Wer aber *beide* Arme unten lässt, der hat doppelt so viel Energie gespart!

Meine Damen und Herren, ich danke Ihnen für Ihr Vertrauen!

„Eine Frau tut, was der Mann will,
wenn er verlangt, was sie wünscht".
  (Elizabeth Taylor)

„Die schönsten zehn Jahre
im Leben einer Frau
sind die zwischen 39 und 40".

2. Kapitel

Nils Perick und die Frauen

„Lieber eine Hotelkette am
 Hals als gar keinen Schmuck".
  (H.G. Brinkmeyer)

„*Gegen Liebe auf den ersten Blick
hilft nur der zweite*".

„Ein Mann kann mit jeder Frau glücklich sein -
solange er sie nicht liebt".
  (Oscar Wilde)

„Ich habe nichts gegen
Polizisten. Ich habe
nur Angst vor Ihnen".
  (Alfred Hitchcock)

„*Ich habe nichts gegen
Frauen. Ich habe nur
Angst vor ihnen*".
  (Nils Perick)

Sophia Loren und ich

Lange Zeit lebten wir nur so nebeneinander her: Sophia Loren und ich. Natürlich kannte ich sie, natürlich war sie für mich ein Begriff. Ich empfand sie als aufregend, sehr sinnlich, erotisch, fast erotogen. Was ich damit sagen will: Sie wirkte als Frau auf mich. Aber auch sonst war sie ganz nett.

Da wir aus irgendwelchen Gründen nie miteinander ins Gespräch kamen, hatte sie natürlich keine Gelegenheit, umgekehrt auch mich aufregend und sehr sinnlich zu finden. Auch die Sprache war ein Hindernis: Sie sprach wesentlich besser Italienisch als ich, der ich überhaupt kein Italienisch spreche.

Aber dann eines Tages geschah es: Weltweit ging es durch die Medien, durch Zeitungen, Frauenzeitschriften, Rundfunk, Fernsehen und Talkshows: Sophia Loren war 70 geworden!

Ich erstarrte: Nie hatte ich das auch nur zu denken gewagt – Sophia Loren war älter als ich! Sie, das Idol meiner Jugend, meiner Träume und der späteren Jahre! Zwar war sie nicht *viel* älter, gerade drei Monate. Aber in diesem Alter zählt jeder Monat doppelt und dreifach. Ich hatte also die ganze Zeit über eine ältere, im Grunde genommen sogar alte Frau bewundert.

Erschüttert ging ich mit dem riesigen farbigen Zeitungsfoto inmitten des Jubiläumsartikels zu meiner Supermarkt-Kassiererin und erzählte ihr, was los war. Sie sah sich das Foto an und sagte dann: „Die hat sich aber gut gehalten!"

Das hatte sie zu *mir* noch nie gesagt. Obwohl ich nachweisbar jünger war. Ich nahm die Zeitung mit dem Foto von Sophia und ging nachdenklich nach Hause. Offensichtlich war Sophia Loren schöner als ich. Das stellte ich anhand eines Vergleichs fest: Ich blickte längere Zeit auf das farbige Zeitungsfoto von ihr – und dann sah ich abrupt in den Spiegel: Tatsächlich: Sie war schöner als ich.

Gut, trotz ihres hohen Alters sah sie noch sehr fraulich aus. Andererseits konnte niemand von mir erwarten, dass *ich* fraulich aussehe. Wir Männer zeichnen uns bekanntlich durch andere positive Eigenschaften aus: Wir sind zielstrebig, konzentriert, haben Geduld, Geschmack, verfügen über Ausdauer und logisches Denkvermögen. Wir sind freundlich im Umgang mit unseren Nächsten und immer bemüht, unsere Ehefrauen nicht bei der Hausarbeit zu stören.

Weshalb hatte sie Erfolg und ich nicht? Was hatte Sophia Loren, was ich nicht hatte? Hatte sie bessere Chancen im Leben gehabt? Verfügte sie über das bessere Management?

Ich stellte fest, dass ich, obwohl jünger als Sophia, in dieser Situation ganz schön alt aussah. Aber dann erkannte ich, dass sie sich – trotz aller Erfahrung, über die sie in ihrem hohen Alter zweifellos verfügen musste – eine entscheidende Blöße gegeben hatte: Sie hatte leichtsinnigerweise das, wie die Zeitungen es nannten, „Geheimnis ihrer Jugend" preisgegeben. Damit hatte sie natürlich alle anderen interessierten Menschen weltweit, beispielsweise mich, auf ihre Spur geführt. Sieben Regeln waren es, mit denen sie sich attraktiv, scheinbar jung und schön gehalten hatte. Ich schnitt mir diesen Zeitungsartikel aus, las ihn Wort für Wort, hakte die sieben Regeln Punkt für Punkt ab, und alles andere war nur noch eine Frage der Zeit.

Gut – jeden Abend um 21 Uhr ins Bett zu gehen, da musste ich noch an mir arbeiten. Auch der Verzicht auf Alkohol fiel mir, da ich zu der Zeit gerade gern trockenen Rotwein trank, nicht leicht. Aber der Verzicht auf Zigaretten – sie hatte erst mit fünfzig Jahren mit Rauchen aufgehört – brachte mich eindeutig nach vorn: Ich hatte nur einmal in meinem Leben geraucht: als Kind!

Der Verzicht auf gebackene Auberginen fiel mir ebenfalls leicht. Noch nie in meinem

Leben hatte ich gebackene Auberginen gegessen. Weshalb sollte ich jetzt damit anfangen? Bei 20 Minuten Stretching jeden
Morgen konnte ich ohne weiteres
mithalten: So lange dauert mein Kampf, bis
ich mich morgens mühevoll aus dem Bett
gewälzt habe.

Probleme allerdings gab es mit dem „Ro-
senwasser fürs Gesicht", mit „Babysham-
poo" und „Vitamin-A-Creme": Diese Artikel
waren mir bis dahin weitgehend unbekannt, was bedeutete, dass ich mich im Supermarkt völlig neu orientieren musste.
Aber auch diese Aufgabe war durchaus lös-
bar.

„Ihr allerwichtigstes Geheimnis" aber,
verriet Sophia Loren zum Schluss, „sei die
Liebe". Sie war zu dem Zeitpunkt mit dem
Filmproduzenten Carlo Ponti verheiratet,
der gerade einundneunzig geworden war.
Da allerdings, das wurde mir schnell klar,
musste ich ein ernstes Wort mit der langjährigen Gefährtin meines Lebens reden:
Sie war eindeutig und unübersehbar wesentlich jünger als einundneunzig. Sie war
sogar jünger als ich. Was sollte ich tun,
wenn ich Sophias Fahrplan der Schönheit
konsequent und bis zum Schluss abhaken
wollte? Ich konnte die Gefährtin meines Lebens doch nicht einfach gegen eine 91jähri-
ge umtauschen! Nein - d a s nicht!

Aber davon einmal abgesehen hatte ich das überwältigende Gefühl: Endlich war ich auf dem richtigen Weg! Nun gab es kaum noch etwas, was mich von Sophia Loren trennte.

„Lass mich endlich in Ruhe!"

Das Telefon klingelte.

Ich nahm ab – also, nicht ich selbst, obwohl ich nach dem Willen der Gefährtin meines Lebens dünner werden sollte, sondern das Telefon – also, nicht das Telefon nahm ab, sondern ich nahm das Telefon ab.

Das heißt: Heutzutage nimmt man das Telefon ja gar nicht mehr ab. Es liegt irgendwo herum, man sucht es, nimmt es in die Hand und drückt auf einen bestimmten Knopf. Von der Wahl des richtigen Knopfes hängt dann der Erfolg des Drückens ab. Kurz und gut: Ich drückte auf einen bestimmten Knopf und hörte eine weibliche Stimme: „Hier ist Susanne", sagte die Stimme kühl und knapp.

Damit hatte ich nicht gerechnet. Ich kenne zwei Susannes: Die eine ist erheblich älter, die andere erheblich jünger. Diese Stimme gehörte zu keiner von beiden. Es war also offensichtlich eine dritte, mir unbekannte Susanne.

„Hallo", sagte die weibliche Stimme ungeduldig, „wer ist denn da!"

„Ich bin's, Nils. Was kann ich für Sie, also für dich tun? Aber ich glaube, ich kenne Sie – ich kenne dich gar nicht".

„Wieso kennst du mich nicht!" sagt die weibliche Stimme gereizt. „Du hast mich doch gerade angerufen!"

„Entschuldige", sagte ich verwirrt, „ich habe dich nicht angerufen".

„Mach keine Zicken", sagte die Stimme mit bösem Unterton, „du duzt mich, deine Nummer steht hier bei mir im Display. Was ist los, was soll der Blödsinn!"

Da war er wieder, der unaufhaltsame Fortschritt der Technik. Ich stand ohne eigenes Verschulden auf dem Display einer mir völlig unbekannten Frau, wusste nicht, wie ich da hingekommen war, wollte so schnell wie möglich wieder weg und hatte keine Ahnung, wie ich das machen sollte. Das einzige, was ich mit Sicherheit wusste war, dass ich an diesem Tag niemanden – und schon gar nicht diese aggressive Person – angerufen hatte.

Ich versuchte mich zu verteidigen: „Weshalb sollte ich dich angerufen haben. Ich kenne dich doch gar nicht. Ich kenne auch deine Telefonnummer nicht. Und für dein Display kann ich wirklich nichts."

„Das kann doch nicht wahr sein", sagte die Stimme, die zunehmend an Schärfe gewann. „Du rufst mich an. Deine Telefonnummer erscheint auf meinem Display, mein Rückruf kommt bei dir an, und du erklärst mir, du hast gar nicht angerufen!"

Ich stotterte hilflos und verzweifelt: „aber es ist wahr! Ich war es nicht! Ich habe keine Ahnung, wie ich auf dein Display komme! Dein Display interessiert mich überhaupt nicht..."

„Also, sowas Bescheuertes habe ich lange nicht gehört", sagte die Stimme wütend, „deine Telefonnummer kann nur auf mein Display kommen, wenn du mich angerufen hast. Und dann zu behaupten, du wolltest gar nichts von mir, ist wirklich das Letzte. Ich kann dir bloß sagen, mach' das nicht nochmal, sonst gibt es Ärger. Ich erstatte Anzeige. Ich bin im Rechtsschutz. Also, ist das klar – lass' mich ab sofort in Ruhe, alter Spanner!"

Normalerweise bin ich ein sehr beherrschter Mensch. Aber erlittenes Unrecht macht mich zum ausbrechenden Vulkan. „Jetzt hör mal gut zu", schrie ich erregt in den Hörer. „Ich kenne dich nicht. Ich habe dich nicht angerufen, ich will nichts von dir, und ich hoffe, dich nie im Leben kennenzulernen. Kapierst du das, du blöde Kuh! Dein Telefon spinnt! Kauf dir endlich mal was Vernünftiges, alte Zicke, und belästige mich nicht mit deinen blöden Sprüchen..."

Ich streckte den Arm aus und blickte fassungslos den Hörer an: Das Gespräch war unterbrochen – dieses verdammte Miststück hatte einfach aufgelegt. Sie hatte mir gar nicht mehr zugehört, und ich hatte mich völlig umsonst aufgeregt.

Da leben wir nun in einer Demokratie, in der jeder seine Meinung sagen darf. Aber was nützt es, wenn der andere einfach auflegt. Das ist es, was ich an einigen Frauen so hasse: Selbst wenn man eine wichtige Botschaft an sie richtet – sie hören einfach nicht zu!

Außer vielleicht, wenn man ihnen zu ihrem guten Aussehen gratuliert.

Keine Blumen für Claudia

Unsere erste Begegnung fand beim Zahnarzt statt. Und zwar bei meinem. Nicht bei ihrem.

Ich saß im Wartezimmer, bemühte mich, das ohrenbetäubende Geräusch des Zahnarztbohrers nebenan zu überhören und blätterte neugierig in einer Frauenzeitschrift. Das tue ich gelegentlich fast immer, weil: Es ist einfach wichtig, über Frauen informiert zu sein. Was denken sie? Was fühlen sie? Was planen sie? Mit welchen Problemen beschäftigen sie sich? Was haben sie vor? Ich sage es hier ganz offen: Es ist wichtig, möglichst viel über Frauen zu wissen. Und da bringen einen die Frauenzeitschriften ganz schön weiter.

Während ich nun in der Zeitschrift herumblätterte und gerade feststellte, dass es sich bei dem nervtötenden Bohrer nebenan um einen Heimwerker mit Schlagbohrmaschine handelte, da traf es mich plötzlich wie ein Blitz (noch nie vorher war ich so vom Blitz getroffen worden): Claudia Schiffer, das internationale Topmodell, die Königin dargestellter Mode, hier stand sie vor mir – natürlich nicht live. Aber immerhin ganzseitig , farbig und sehr ausdrucksvoll. Es handelte sich um eine „Home Story", wie wir Norddeutschen sagen. Claudia inmitten ihrer riesigen Finca auf Mallorca, in ein weites weißes Gewand gekleidet, und es störte mich überhaupt nicht, dass sie aus diesem Gewand ihr wundervoll geformtes Bein herausstreckte. „Claudia", wie ich sie spontan nannte, stand auf ihrem unermesslich weiten Grundstück , viel weiter, als wir es von deutschen Kleingärten her gewohnt sind, an einen Felsen gelehnt und blickte vor einem wolkenlosen und infolgedessen blauen Himmel scheinbar verträumt auf das tiefblaue Meer hinaus. Goldblond fielen ihr die weichen Haare über die anmutigen Schultern.

Nun muss ich vorausschicken, dass mein Verhältnis zu blonden Frauen nach einer schweren Enttäuschung entscheidend getrübt war. Lange Jahre konnte ich nicht einmal mehr über Blondinenwitze lachen: Sie hieß 'Christa' und wohnte im Nachbarhaus. Sie war blond, hatte warme braune Augen, Grübchen im Gesicht und sah mich ständig mit einem liebevollen Lächeln an. Da ich ein eher zurückhaltender Mensch bin, wusste ich zunächst nicht, was ich davon halten sollte. Aber sie sprach eindringlich mit mir und überzeugte mich schließlich, dass zwischen uns beiden Bindungen ganz besonderer Art bestünden. Bald waren wir fast jeden Tag zusammen, und dies schien mir die glücklichste Zeit meines Lebens zu sein. Aber dann kam „er": Ein aufdringlicher, rücksichtsloser, ungehobelter Mensch. Ich hatte schon damals ein grauenhaft schlechtes Namensgedächtnis, aber diesen Namen habe ich mein ganzes Leben lang nicht vergessen: Er hieß „Heinz".

Er ging völlig unbekümmert und plump vertraulich auf Christa zu, ignorierte mich völlig, lachte sie an und plauderte fröhlich mit ihr. Das schlimmste aber war, dass Christa von diesem Augenblick an nur noch Augen für ihn hatte. Von einer Sekunde zur anderen war ich Luft für sie. Sie lachte mit ihm, sie himmelte ihn an – eine Welt brach in mir zusammen.

Erst später, viel später kam ich darauf, was der Grund für diesen tragischen Bruch gewesen war: Sie war zu alt für mich! Ich war gerade fünf Jahre alt, Christa aber war sechs und Heinz möglicherweise noch älter!

All dies war nun Vergangenheit. Claudia war nachweislich viel, viel jünger als ich. Fasziniert blickte ich auf diese strahlenden blauen Augen, das warmherzige, fast ein wenig rätselhafte Lächeln, die fein geschwungenen und doch irgendwie herausfordernden roten Lippen. Dann die bezaubernden slawischen Wangenknochen. Und das goldglänzende, offensichtlich frisch gewaschene, blonde Haar, das ihr Gesicht umrahmte und verspielt über die Schultern fiel. Und wenn sie auch heiter, unbefangen und scheinbar unbeschwert auf das Mittelmeer hinausblickte, so sprach doch aus ihrem Gesicht eine wache Intelligenz. Anhand des begleitenden Textes und vieler weiterer Fotos – Claudia am Swimmingpool, am Herd, bei der Gartenpflege und im Gespräch mit dem Gärtner – wurde mir sehr schnell klar, dass diese Frau bei aller atemberaubenden Schönheit auch noch eine international erfolgreiche Geschäftsfrau war.

Ich war überwältigt. „Claudia!" dachte ich. „Claudia!" – womit normalerweise das menschliche Hirn nicht vollständig ausgelastet ist. Aber immerhin sprach es für die Intensität meiner jählings erwachten Gefühle, dass ich die Frauenzeitschrift zusammenfaltete, unter meiner Jacke versteckte, aufsprang und mich mit einem unverständlichen Gruß von der, übrigens ebenfalls blonden, Sprechstundenhilfe verabschiedete, die mir verwundert nachsah.

Eine wundervolle Zeit mit Claudia begann. Natürlich war mir von vornherein klar, dass eine Beziehung dieser Art nicht unproblematisch sein konnte. Claudia war als internationales Topmodell ständig unterwegs. Berufsbedingt sahen wir uns daher selten. Wenn überhaupt, eher gar nicht. Aber das fiel insofern nicht ins Gewicht, als wir uns auch vorher nicht gesehen hatten. Und körperliche Nähe ist nicht alles. Im Gegenteil: Die Entfernung kann sich auf manche Beziehung sehr vorteilhaft auswirken. Meine Gefühle jedenfalls waren ständig auf Claudia fixiert. Selbst kurz vor dem Einschlafen galt mein letzter Gedanke ihr!

Und immer wieder gab es schöne Erlebnisse. Wenn ich im Sommer auf dem Balkon lag und die Sonnenstrahlen auf mich einwirken ließ, dann dachte ich daran, dass dieselbe Sonne jetzt einige hundert Kilometer weiter südlich vielleicht gerade auch auf Claudia's Körper schien. Und mein Herz machte einen Freudensprung, als mitten beim Lösen eines Kreuzworträtsels die Frage nach dem Vornamen eines internationalen Topmodells auftauchte, mit sieben Buchstaben, vorn ein „C" und hinten ein „A". Ja, sie war es: Claudia!

Eine wunderschöne Überraschung war es auch, als sie eines Abends ganz unvermutet bei mir im Zimmer erschien: Ein Fernsehinterview auf ihrer Finca. Und erneut begeisterte mich ihre natürliche, unbefangene Art und ihr warmherziges Lächeln. Wenn sie in die Kamera blickte, war mir, als würde sie mich ansehen und sagen: „Hallo, mein Nils, was für ein liebenswerter Mensch du doch bist, so natürlich, so unverbildet und überhaupt nicht mit Reichtum belastet..."

Und genau da hatte sie recht! Eine neue Art von Lebensqualität überschwemmte mich: Diese Frau tat meiner Seele gut – was wissen andere schon von Männerseelen.

Keine Spannungen, kein Streit, keine Auseinandersetzungen: Genau dies war es, was die Beziehung zwischen Claudia und mir so wertvoll machte.

Natürlich machte ich mir zwischendurch auch Sorgen. Die ständige räumliche Entfernung ist sicherlich für viele Beziehungen wohltuend, kann aber für andere auch zur Belastung werden. Claudias Horoskop – das ich natürlich regelmäßig verfolgte – sagte mir, dass auch sie Sorgen hatte: „Die Jungfrau", so hieß es, „hat im Moment noch mehr Probleme, als sie nach außen zugeben möchte. Vieles ist für sie in Frage gestellt. Und damit wird auch noch das Frühjahr überschattet sein. Der Juni schenkt ihr dann aber das besondere Liebesglück. Und wohl auch die engere Bindung. Ihre beste Zeit kommt dann im September. Und dieses Glück dürfte so schnell nicht wieder getrübt werden". Das beruhigte mich ungemein, und ich konnte wieder sorgenfrei schlafen.

Das Unheil brach völlig unerwartet über mich herein. Ich schlug eines Morgens die Tageszeitung auf, und da sprang mir ihr Foto in einem Riesenformat förmlich ins Gesicht: „Deutschlands schönste Mutter" hieß es in dem Bericht. „Claudia Schiffer brachte ihr erstes Kind um 16 Uhr in der Londoner Portland Klinik zur Welt. 3171 Gramm wog der Junge ..."

Und i c h hatte davon nichts gewusst! Eine Welt brach in mir zusammen. Alles war eine Illusion gewesen! Fassungslos sah ich ihr Foto an: ein verzerrtes Lächeln aus eiskalten, berechnenden blauen Augen, strähnig hingen ihr die Haare über den Pelzmantel, auch dieser ein Zeichen für einen eher fragwürdigen Geschmack, verdächtig der lauernde Blick, unschön auch die hervorstehenden Wangenknochen. Kopfschüttelnd musste ich lesen, dass sie inzwischen geheiratet hatte. Nicht mich, sondern einen Mann, noch jünger als ich mit meinen siebzig Jahren. Geschmacklos! Und traurig, soetwas aus der Zeitung erfahren zu müssen!

Das, meine Damen und Herren, ist das Ende der Beziehung zwischen der Frau namens Claudia Schiffer und mir. Schluss! Ende! Aus! Denn ob sie mir glauben oder nicht – ich schwöre es, ich schwöre es an dieser Stelle in aller Öffentlichkeit:

Dieses Kind ist nicht von mir!

Gartenzwerge vermehren sich

„Wir brauchen dringend einen Gartenzwerg", sagte die langjährige Gefährtin meines Lebens.

„Wir brauchen keinen Gartenzwerg!" protestierte ich. „Du hast doch mich!"

„Du bist als Gartenzwerg völlig ungeeignet" sagte die langjährige Gefährtin und musterte mich kritisch. „Erstens bist du mit deinen 1,90 Meter zu groß. Und außerdem kann man dich nachts nicht draußen allein stehen lassen".

Das stimmte mich froh. War es nicht im Grunde genommen ein verhaltenes Zeichen von Zuneigung, wenn die Lebenspartnerin mich nachts nicht allein draußen stehen lassen wollte? War dies nicht ein diskreter Hinweis für Besorgnis um den Lebenspartner? Recht hatte sie: Wie leicht konnte ich mich da draußen – durchnässt und frierend den Unwettern preisgegeben – erkälten.

„Es ist doch ganz einfach so", unterbrach die Gefährtin meines Lebens den Tiefenflug meiner Gedanken: „Die Leute sollen sehen, dass wir nicht nur schnöde materielle Dinge im Kopf haben. Es geht uns nicht nur um Geld, Besitz und Fernsehen. Wir sind schließlich keine Kunstbanausen".

„Kann man Gartenzwerge nicht auch leihen? Gibt es sogenannte Leihzwerge?"

wandte ich schüchtern ein. „Und muss es unbedingt ein Gartenzwerg sein? Könnte es nicht auch eine griechische Meeresgöttin sein, eine Aphrodite, sozusagen?"

Die Gefährtin meines Lebens wurde ärgerlich: „Hast du etwas gegen Gartenzwerge? Du setzt dich doch sonst immer für Benachteiligte in unserer Gesellschaft ein. Gartenzwerge s i n d benachteiligt. Sie sind zahlenmäßig stark in der Minderheit, sie sind gewerkschaftlich nicht organisiert, sie haben kein Mitsprache-recht, kein Wahlrecht und sind außerdem noch körperlich stark beeinträchtigt!"

Da hatte sie recht. Gartenzwerge zählen tatsächlich nicht zu den Spitzen unserer Gesellschaft. Noch nie war ein Gartenzwerg Bundeskanzler. Sie führen ein eher untergeordnetes Schattendasein. Vielleicht sollte man tatsächlich für sie etwas tun. So stimmte ich diesem Beitrag zur Hebung unseres kulturellen Ansehens zu, und schon am nächsten Tag stand er bei uns im Vorgarten.

Ich schlich mich vorsichtig heran und schaute ihm in die Augen. Er war kleiner als ich, hatte eine rote Zipfelmütze auf, hatte dichte graue Augenbrauen, eine Knollennase und einen sehr sympathischen Zug um den Mund, wie man ihn bei vielen Menschen oft vergeblich sucht. Alles in allem strahlte er eine gewisse Gelassenheit aus und war im Begriff, eine Schubkarre, auf der eine Schaufel lag, vor sich herzuschieben. Das stimmte mich froh, denn bisher musste immer ich diese Arbeit machen. Auf Ansprache reagierte er allerdings nicht. Und als ich die Gefährtin meines Lebens fragte, welcher Bildhauer dieses kleine Kunstwerk geschaffen habe, gab sie keine präzise Auskunft.

Wenige Tage später standen drei Gartenzwerge als kleine Gruppe im Vorgarten. Einer von den neuen war etwas größer und trug eine Gießkanne in der Hand, der andere hatte eine Schaufel über der Schulter. Auf meine Frage: "Müssen es denn unbedingt drei sein?" winkte die Gefährtin meines Lebens kurz angebunden ab: „Aller guten Dinge sind drei! Das haben doch schon deine Vorfahren gesagt!"

Ich konnte mich zwar nicht erinnern, aber ich konnte es auch nicht widerlegen und ging nachdenklich meiner Wege.

Dann allerdings glomm Panik in mir hoch:Als ich am Wochenende darauf aus dem Fenster sah, blickte ich auf eine ganze Schar von Gartenzwergen. Heftig atmend begann ich zu zählen – es waren genau sieben Zwerge. Einen kurzen Augenblick glaubte ich sie fröhlich schwatzen zu hören, aber das war denn doch eine akustische Halluzination meiner offenbar leicht angegriffenen Nerven. Verzweiflung befiel mich, und ich rief nach der Gefährtin meines Lebens: „Was soll das! Jetzt sind da plötzlich sieben Zwerge. Wir hatten von e i n e m Gartenzwerg gesprochen. Du machst uns zum Gespött der Nachbarschaft!"

„Aber Nils", sagte die Gefährtin meines Lebens beschwichtigend. „Was hast du gegen die Zahl sieben. Da gibt es doch bewährte Vorbilder. Denk nur an Schneewittchen und die sieben Zwerge. Und außerdem – sieben Tage hat die Woche!"

Da musste ich ihr recht geben, aber irgendwie gefiel mir die ganz Sache nicht. Ich geriet ins Grübeln. Wie war es möglich, dass aus einem Zwerg in kürzester Zeit sieben Zwerge wurden? Nach meinem Wissenstand konnte eine geordnete Vermehrung nur dann funktionieren, wenn ein weibliches Wesen dabei war. Es war aber weit und breit keine „Zwergin" zu entdecken.

Nun hatte ich mich seit längerem im Zusammenhang mit der deutschen Bevölkerungsentwicklung mit der gleichgeschlechtlichen Vermehrung als mögliche Alternative befasst, ebenso mit der Zellteilung, der Teilung von Amöben und der Fortpflanzung von Quallen auf dem Umweg über Polypen. Trotz Überprüfung mit meiner Lupe konnte ich an den Zwergen aber weder Polypen feststellen, noch hatten sie sich geteilt: Sie blieben eindeutig ganz.

Aber dann, eines Morgens, ich traute meinen Augen nicht – der wilde Zorn glomm in mir hoch, als ich aus dem Fenster sah: Da standen, in kleinen Grüppchen über den Vorgarten verteilt, zwölf Gartenzwerge! Und es waren alles Männchen - oder wie das bei Gartenzwergen heißt. Mehrere Gruppen von Menschen, darunter auch unsere Nachbarn, standen lächelnd, nein, grinsend, am Gartenzaun, und es war kein Lächeln der Anerkennung oder freundlichen Zustimmung, nein, wie diese Leute lächelten, das bewegte sich zwischen Hohn und Spott, kopfschüttelndem Unverständnis, zynischem Grinsen und unverhohlener Schadenfreude – keine Spur von Kunstverständnis!

Das war zu viel für mich. Wutentbrannt stürmte ich die Treppe ins Obergeschoss empor. „Schluss!" schrie ich mit überschnappender Stimme, „Schluss! Jetzt ist endgültig Schluss mit deinen Gartenzwergen!"

Auch die Bemerkung der Gefährtin meines Lebens – „Was willst du denn – zwölf Monate hat das Jahr" – konnte mich diesmal nicht mehr besänftigen. Ich zog mich in mein Zimmer zurück, knallte die Tür hinter mir zu und begann konzentriert nachzudenken.

Da wir seitdem ohnehin kein Wort mehr miteinander gewechselt hatten, beschloss die langjährige Gefährtin meines Lebens, für ein paar Tage ihre Schwester zu besuchen.

Ich fand mich in der Rolle eines Strohwitwers wieder. Und so saß ich abends verzweifelt in einer der wenigen, uns trotz aller widrigen Entwicklungen noch verbliebenen Kneipen mit einigen mehr oder weniger Bekannten bei einem Bier oder auch mehreren Bieren zusammen und bemühte mich, meinen Groll zu vergessen. Meine Geschichte mit den Gartenzwergen fand ungeteilte Aufmerksamkeit und traf auf eine hilfsbereite Zuhörerschaft. Einer der Bekannten war Transportunternehmer. Beflügelt durch mehrere Biere, die laut Statistik in unserem Land zunehmend weniger getrunken werden, entwickelten wir ein Organisationsschema, das wenig später in die Tat umgesetzt wurde...

Als die langjährige Gefährtin vom Besuch bei ihrer Schwester zurückkehrte, vermisste ich als erstes die herzlichen Zwischentöne in ihrer Begrüßung. „Wo sind meine Gartenzwerge?" rief sie stattdessen und blickte ungläubig nach rechts und links.

Tatsächlich war kein einziger Gartenzwerg zu sehen. So geheimnisvoll, wie sie gekommen waren, waren sie auch wieder verschwunden. Ich sank in wildem Schmerz in mich zusammen. "Es war fürchterlich", ächzte ich, „einfach grauenhaft. Es muss eine Seuche gewesen sein. Von einer Minute zur anderen wurden sie dahingerafft. Es gab keine Hilfe. Sie fielen buchstäblich in sich zusammen, und niemand konnte ihnen helfen. Nie werde ich diesen Anblick vergessen..."

„Wo sind sie geblieben!" schrie die langjährige Gefährtin meines Lebens verzweifelt.

„Wir mussten sie entsorgen", stammelte ich bedauernd. „Es bestand Seuchengefahr. Zum Glück haben sich Freunde gefunden, sie haben alles für mich erledigt. Deine kleinen Lieblinge liegen in einem Massengrab. Niemand darf es wissen. Ich selbst war nicht dabei. Ich musste mich vor Gram sofort ins Bett legen. Diese Qualen konnte ich nicht ertragen."

Fassungslos starrte die langjährige Gefährtin meines Lebens mich an. Lange schwieg sie. Dann prägte ein Ausdruck wachsender Verachtung ihr vertrautes Gesicht. „Gut", sagte sie schließlich mit harter Stimme. „Du hast es nicht anders gewollt. Es gibt keinen anderen Weg. Morgen fangen wir ganz von vorn an".

Am nächsten Morgen stand ein Gartenzwerg im Vorgarten, kleiner als ich, sehr klein für sein Alter. Mit Schubkarre und einer Schaufel darin. Er blickte sehr freundlich und strahlte eine gewisse Gelassenheit aus ...

Die schwerste Turnübung ist
die, sich selbst auf den Arm zu
nehmen.

(Werner Fink)

3. Kapitel

Fit sein macht Spaß

Wenn mir die anderen
nicht immer vorausgefahren wären,
wäre ich der erste gewesen.

(Karl Valentin)

Ich brauche noch keine
Brille. - Ich habe immer
eine Lupe bei mir.

(Nils Perick)

Besser (aus-) sehen mit Sehhilfe

Brillen begleiten uns durchs Leben.

Im Volksmund, oder sind es die Optiker?, bezeichnet man Brillen gern als „Sehhilfe". Und das sind sie wohl auch: Wenn man vorher nicht gut sah, dann sieht man mit Brille besser – das ist der Sinn.

Ob es denn auch gut ist, wenn man besser sieht, das ist manchmal die Frage. Ich habe die Erfahrung gemacht, dass es sogar gut sein kann, wenn man schlecht sieht. Denn nicht alles, was man so sieht, ist gut. Und ist es gut, wenn man Schlechtes besser sieht?

Unabhängig davon habe ich mein Leben lang etwas gegen Brillen gehabt. Zum einen störte mich das Gefühl, ständig etwas an den Ohren zu haben. Ich fühlte mich eingeklemmt. Und dann die ständige Einschränkung der Sicht durch das Brillengestell: Immer hatte ich das Gefühl, dass da, wo ich gerade hingucken wollte, der Brillenrand im Wege war. Bei den Sonnenbrillen kam zusätzlich hinzu, dass plötzlich alles dunkel war, obwohl hellsehen doch eine gefragte Eigenschaft ist. Mein Verhältnis zu Brillen war also von Anfang an belastet. Allenfalls für Schneebrillen, die die Großstädter normalerweise brauchen, um den gefallenen

Schnee zu entdecken, habe ich ein gewisses Verständnis.

Für mich persönlich kam erschwerend hinzu, dass ich die Befürchtung hatte, mit Brille plötzlich intellektuell auszusehen. Das mag für andere schmeichelhaft sein. Aber für mich, der ich eher gefühlsmäßig orientiert bin und Entscheidungen „aus dem Bauch heraus" treffe, kann das zu einer Belastung werden. Wenn man das Gefühl hat, von den Mitmenschen als intellektuell eingestuft zu werden und man genau weiß, dass man diesem Erwartungsdruck nicht standhalten kann, ist das ein Problem.

So bin ich jahrelang sehr gut ohne Brille ausgekommen. Sicherlich, es kamen Zeiten, da musste ich feststellen, dass die Schriften im Telefonbuch von Jahr zu Jahr kleiner wurden. Oder ich erkannte voller Erstaunen, dass ich die Zeitung bei hellem Mittagssonnenschein auf der Terrasse hervorragend lesen konnte, während ich in der Wohnung oder bei starker Bewölkung Probleme hatte. Beim Telefonieren, beim Rundfunkhören, beim Schlafen oder beim Anblick markanter Gebäude hatte ich hingegen keinerlei Probleme. Was sollte ich mit einer Brille, solange ich den winkenden Polizisten auf der Straße, das Einbahnstraßenschild, die Fahrertür meines Wagens oder gar die Gefährtin meines Lebens auch ohne Brille jederzeit gut erkennen konnte? Selbst mich konnte ich morgens beim Rasieren auch ohne Brille noch deutlich sehen.

Erleichterung bedeutete es für mich, dass ich in meinem früheren Leben als Kartograph berufsbedingt mit Lupe arbeiten musste. Diese Lupe blieb mir erhalten, und ich trage sie seitdem immer bei mir. Wenn ich wirklich mal eine Nummer aus dem Telefonbuch brauche, wissen möchte, ob das Tier auf meiner Hand eine Schnecke oder eine Ameise oder die Frau vor mir hübsch ist, dann nehme ich meine Lupe – und schon sehe ich klar.

So kam ich jahrzehntelang ohne Brille gut durchs Leben. Als ich dann eines Tages in einer meiner Büroschubladen eine mir unbekannte Brille entdeckte, setzte ich sie spaßeshalber auf – und fand sie für den Notfall gar nicht so schlecht. Die eigentliche Wende aber setzte ein, als von mir das erste Foto mit Brille gemacht wurde. Dieses Foto studierte ich eingehend – mit Lupe natürlich. Und das Resultat war für mich selbst überraschend. Die Brille hatte allen bisherigen Nachteilen zum Trotz jetzt einen auch für mich erkennbaren Vorteil. Ich erkannte ganz objektiv: Die Spuren des Alters – die selbst auf meinem Gesicht, wenn auch völlig unerheblich, nicht zu übersehen waren – wurden in dem Augenblick, als ich die

Brille aufsetzte, durch das Gestell gemildert! Zusätzlich wirkten meine Augen, auch sonst schon sehr eindrucksvoll – eindeutig größer, was jeden interessierten Beobachter zusätzlich für mich einnehmen musste. Ganz objektiv gesehen: Mit Brille wirkte ich nicht nur jünger, sondern erheblich interessanter und dynamischer!

Und das schließlich wog den Nachteil, intellektuell auszusehen, bei weitem auf. Man muss eben, wie überall im Leben, in der Lage sein, Vorteile und Nachteile gegeneinander abzuwägen.

Also, was mich betrifft: Ich verstehe einfach nicht, dass es Leute geben soll, die was gegen Brillen haben...

Gehobene Literatur

Es greift immer mehr um sich: Manche von uns haben zwei, in einigen Fällen sogar drei Bücher zuhause herumstehen. Und es sind nicht immer nur ererbte Klassiker, sondern oft auch Bücher von Freunden, die den Platz anderweitig brauchen. Und eines Tages stellt sich unweigerlich die Frage: Müsste man diese Bücher nicht eigentlich lesen? Und dann folgt die unerbittliche Antwort: Jawohl! – denn Bücher sind dazu da, gelesen zu werden!

Und schon fängt das Problem an: Bücherlesen kostet Zeit. Und woher sollen wir die nehmen – wir müssen schließlich arbeiten! Und um arbeiten zu können, müssen wir schlafen! Schlaf ist wichtig! Und dann sind da die Kinder: Die müssen zum Blockflötenunterricht, zum Ballett, zum Geräteturnen und zum Fußballtraining gefahren werden! Und dann ist da noch die Ehefrau, mit der man gelegentlich auch mal reden muss. Und da sind die Freunde, Freundschaften muss man pflegen, auch das kostet Zeit. Und dann ist da das Fernsehen: Wir müssen uns doch wenigstens bemühen, den Durchschnittswert von vier Stunden täglich zu halten, um im Kollegenkreis, bei Nachbarn, Freunden und auch in der Familie einigermaßen bestehen zu können. Und da sollen wir auch noch ein Buch lesen? Damit sind wir doch vollständig überfordert! Ein halbes Buch vielleicht – oder wenigstens die ersten Seiten. Mehr geht wirklich nicht!

Jawohl, liebe Freunde, das stimmt! Genau das ist unser Problem. Und deshalb habe ich für uns alle ein völlig neuartiges Programm entwickelt, das uns aus diesem Dilemma heraushilft. Ein Programm, das so genial ist, dass selbst ich nicht begreife, wieso gerade ich darauf gekommen bin. Und genau dieses Programm werde ich hier und heute verraten.

Wir beginnen damit, dass wir, soweit wir Rechtshänder sind, die rechte Hand mit dem Handrücken nach unten am ausgestreckten Arm etwa in Schulterhöhe nach vorn strecken. Dann legen wir mit der linken Hand ein Buch auf die rechte Handfläche – es empfiehlt sich für den Anfang ein Perick-Buch, das nachweislich deutlich unter tausend Seiten hat und für diese Übung hervorragend geeignet ist.

Nun heben wir die Hand mit dem Buch ganz vorsichtig nach oben bis etwa in Kopfhauthöhe. Dort verweilen wir einen kurzen Augenblick und senken dann unsere Hand mit dem Buch bis in die Ausgangsstellung – halt! Und nun wiederholen wir diesen Vorgang.

Das ist die Grundübung. Sie sollte stets vor den Mahlzeiten gestartet werden. Wichtig ist, dass wir diese Übung gleichmäßig wiederholen und zwar einundzwanzigmal in der Minute. Dies machen wir regelmäßig neun Minuten lang und setzen uns dann zu der Familie an den Tisch.

Schon nach einem halben Jahr zeigen sich die ersten verblüffenden Erfolge. Es beginnt in der Familie: Ihre Angehörigen werden Sie schon nach wenigen Monaten mit völlig anderen Augen ansehen. Dann spricht es sich herum. Ihre Nachbarn und engeren Freunde werden sagen: „Was für ein Mensch! Wir haben es ja schon immer befürchtet!" Und schon nach verhältnismäßig kurzer Zeit wird Ihr Verhältnis zu Ihren Mitmenschen sich dahingehend gewandelt haben, dass diese verständnislos ihre Köpfe schütteln. Das ist für Sie das Zeichen, dass Sie Ihrem Ziel auf beeindruckende Weise nähergekommen sind. Und von diesem Augenblick an können Sie stolz auf das Erreichte sagen:

„Ich beschäftige mich jeden Tag mit gehobener Literatur!"

Dies nun prägt zunehmend Ihr Image im gesamten Umfeld. Ihr bisheriges tägliches Hanteltraining können Sie getrost einstellen, nachdem Sie sich persönlich davon überzeugen konnten, dass auch Bücher Gewicht haben. Und wenn Sie den Eindruck haben, dass man sich in der Familie, im Freundes- und Bekanntenkreis auf zunächst schwer erklärliche Weise scheinbar von Ihnen zurückzieht, so ist auch das nur ein Beweis für den Erfolg Ihres neuen Programms: Die Menschen in Ihrem näheren Umfeld haben im Gegensatz zu vorher mehr Achtung und Respekt vor Ihnen.

Nun können Sie sich auch beruflich in den Kampf um gehobene Positionen einbringen: Deuten Sie Ihrem Chef gegenüber an, dass Sie sich seit geraumer Zeit täglich mit gehobener Literatur befassen – so steigen Sie in Ihrer Firma erheblich im Ansehen, und bald wird einer Beförderung nichts mehr im Wege stehen!

Natürlich sollten Sie nicht auf halben Wege stehen bleiben: Perfektionieren Sie Ihr Programm konsequent! Bleiben Sie dran! Steigern Sie sich! Schon nach einem halben Jahr können Sie das Perick-Buch beiseitelegen und durch das Hamburger Telefonbuch ersetzen.

Die Kunst des langsamen Laufens

Schon immer wollte ich Sport treiben. Die eigentliche Wende aber kam, als ein Ex-Boxweltmeister nach zehnjähriger Pause gegen den Mann wieder in den Ring stieg, der ihm seinerzeit die einzige Niederlage seiner Laufbahn beigebracht hatte. Zu der Zeit war er, wie sein Gegner, dreiundvierzig Jahre alt, allerdings immer noch jünger als ich, der ich einige Jahrzehnte älter war.

Allerdings wollte ich nicht boxen. Ich mag es nicht, wenn wildfremde Menschen in einem von Seilen abgezäunten Viereck auf mich einschlagen, ohne dass ich die Chance habe, mich in Sicherheit zu bringen. Nein, bei mir ging es ums Laufen.

Nun war es nicht so, dass ich wie der Ex-Boxweltmeister nach zehnjähriger Pause wieder anfangen wollte. Zwar wollte ich schon vorher gern laufen, aber irgendwie kam immer etwas dazwischen. Ich musste also ganz von vorn anfangen.

Als Alibi benutzte ich unseren Hund, mit dem ich bis dahin schon des öfteren spazieren gegangen war. Die Premiere war an einem 1. April, nie werde ich diesen Tag vergessen. Ich zog meine Sportschuhe an, nahm den Hund an die Leine und ging den Feldweg an unserem Haus vorbei gemächlichen Schrittes so weit, bis ich von den

Häusern aus nicht mehr zu sehen war. Ich schaute mich noch einmal vorsichtig um, und dann ging es los.

Nun war es keineswegs so, dass ich wie ein Verrückter losrannte. Soetwas kann für einen nicht unbedingt ganz jungen Menschen gefährlich sein. Nein, ich ging die Sache behutsam an. Ich versetzte mich langsam in einen zunächst noch verhaltenen Laufschritt. Der gesunde Menschenverstand war es, der mich daran hinderte, gleich loszurasen. Nein, gerade am Anfang war äußerste Vorsicht geboten.

Ich lief zunächst in einem eigens von mir geprägten Laufstil, in einem etwas verhaltenen, eher zögerlichen Dauerlauf den Feldweg entlang. Sehr schnell wurden mir die Knie weich, Schweiß brach aus mir heraus, direkt über mir schien ein Vögelchen zu tirilieren. Keuchend stellte ich fest, dass dies kein Vögelchen war, sondern das Geräusch meiner Lunge. „Was quälst du mich", klagte eine innere Stimme in mir. „Was habe ich dir getan? Ich war doch immer nett zu dir!"

Ich war zu sehr mit dem Laufen an sich beschäftigt, um gleich antworten zu können. „Es muss sein!" keuchte ich schließlich. „Laufen ist gesund. Gut für den Kreislauf, das Herz, die Gelenke, ja – selbst für die Lunge!"

Aber dann siegte die Vernunft in mir. Wichtig war, dass ich die Sache voll im Griff behielt. Man muss solche Dinge mit dem Verstand angehen. Die Gesamtstrecke war etwa tausend Meter lang, knapp vier Meter breit und sehr viele Meter hoch. Vielleicht betrug die Länge auch nur siebenhundert oder gar sechshundert Meter. Aber jeder Fachmann weiß, dass man eine derartige Strecke doppelt rechnen muss, denn man muss ja auch wieder zurück. Niemand kann allen Ernstes verlangen, diese gesamte Strecke in einem Stück zu laufen. Und schon gar nicht am Anfang seiner sportlichen Laufbahn. Um den Hund brauchte ich mich nicht zu sorgen. Der rannte unbekümmert hin und zurück und freute sich.

Aber freute i c h mich?

Ich war da nicht ganz so sicher. Dennoch: schließlich kann das Leben nicht nur aus Spaß bestehen. Nachdem ich insgesamt etwa fünfzig, sechzig Meter gemessenen Schrittes gelaufen war, hatte ich das Bedürfnis, mich zurückzunehmen und vorerst zu Fuß weiterzugehen. Gerade zu Beginn einer sportlichen Laufbahn, das hatte ich verschiedentlich gehört, soll man mit seinem Körper kein Schindluder treiben, sondern ihn langsam an größere Aufgaben heranführen.

Während ich eigentlich zielbewussten Schrittes weitergehen wollte, hatte ich plötzlich das dringende Bedürfnis, stehenzubleiben und den Signalen meiner schmerzenden Lunge zu lauschen. Andere in meiner Lage hätten sich hingesetzt, um sich ein wenig zu erholen.

Nicht so ich. Ich nutzte die Chance des Stehenbleibens, um die Landschaft um mich herum anzuschauen. Es war eigentlich keine besondere Landschaft. Kein Meer, kein Fluss oder See, keine Wasserfälle, keine Gebirgslandschaft. Eher weite, flache, mit Mais bebaute Felder, hier und da schon von leichtem Grün bedeckt, eine unauffällige, endlos weite Ebene, am Horizont ein Wäldchen mit verkrüppelten Nadelbäumen.

Nur schwer konnte ich mich von diesem Anblick losreißen, um mich auf mein eigentliches Anliegen zu konzentrieren: nämlich eben diese Landschaft einigermaßen laufend zu durcheilen. Während mein Hund mich fragend anblickte – so hatte er mich noch nie kennengelernt - , ging ich nahezu federnden Schrittes weiter. Dann fiel es mir wieder ein: Laufen, lieber Nils! Laufen – genau darum geht es in diesen Sekunden.

Mit Mühe zwang ich meinen widerstrebenden Organismus, in einen einigermaßen verhaltenen Laufschritt zu verfallen. Bis zu jenem dort einzeln stehenden Baum wollte ich es schaffen – dann würde ich endlich wieder gehen.

Am Baum angekommen, blieb ich erst einmal stehen, um mir diese unvergleichliche Landschaft anzuschauen. Aber auch das konnte mich diesmal nicht aufhalten, jedenfalls nicht für längere Zeit – hier ging es nicht um Landschaftsbesichtigung, sondern gezielt und konzentriert einzig um den Sport als solchen. Ich ging sportlichen, fast federnden Schrittes weiter, bis ich nach vierzig oder fünfzig Metern am Waldrand angekommen war. An dieser Stelle wäre ein Platz für eine Sitzbank angemessen gewesen - ich sollte unbedingt den Bürgermeister des Ortes darauf aufmerksam machen. Solange aber setzte ich mich vorsichtig auf einen grasbewachsenen Erdhügel, der möglicherweise früher mal ein Ameisenhaufen gewesen war.

Während eines längeren Aufenthaltes an dieser Stelle fasste ich den Entschluss, dem diese Geschichte zugrundeliegt: Ich wollte die Erfahrungen nicht eigennützig für mich behalten. Nein, was ich an diesem Tag erlebte, hatte gewissermaßen Vorbildfunktion. Oder „Modellcharakter", wie wir heutzutage auch gern sagen. Alle interessierten Menschen auf dieser Welt sollten die Chance haben, sich die Erfahrungen zunutze zu machen, die ich soeben gemacht hatte. Weshalb sollte jeder ganz von vorn anfangen? Nein, das Weitervermitteln von Erfahrungen ist es doch, was den Menschen zu dem gemacht hat, was er heute ist.

Nachdenklich und mühselig bemühte ich mich aufzustehen – dann ging ich den Feldweg weiter in das Wäldchen hinein, um ächzend und stöhnend in einen moderaten Laufschritt zu verfallen. Erstaunlich, welche Qualen der menschliche Körper zu ertragen imstande ist.

Meine innere Stimme hatte sich nicht mehr gemeldet. Vermutlich war sie ohnmächtig geworden. „Totenweg" nannte der Volksmund diesen Weg, den ich nun erstmals im Laufschritt durcheilt hatte – und ich fand diese Bezeichnung sehr zutreffend. Nun galt es nur noch, diesen meinen neuen Lebensabschnitt zu überstehen und lebend aus dem Totenweg zurückzukehren.

Ich wusste diese Chance zu nutzen. Bald gehend, oft stehend, aber gelegentlich auch laufend, schaffte ich den Weg zurück. Schweißnass, mit brennender Lunge, keuchend, stöhnend, mit weichen Knien und völlig erschöpft langte ich – meinem Hund war es zu langweilig geworden, und er war schon vorher heimgelaufen – bei mir zuhause an, stützte mich keuchend an der Hauswand ab und taumelte in Richtung Haustür.

Es gelang mir, das Schlüsselloch zu finden, in einem wilden Akt der Verzweiflung die Tür zu öffnen – dann reichten meine

Kräfte nur noch, um mich schwer aufs Bett fallen zu lassen.

Völlig erledigt, zermürbt und zerstört richtete mich ein letzter Gedanke kurzzeitig noch einmal auf: Dieser mein abgewogener Laufstil – eine wohlüberlegte Mischung aus langsamem Laufen, beherztem Gehen, konzentriertem Stehen und zwischenzeitlichem erholsamen Sitzen – ist für Menschen wie mich die einzig richtige Mischung. Man sollte sich zu Beginn seiner sportlichen Laufbahn hüten, nur zu laufen, vielleicht auch noch schnell zu laufen oder gar längere Strecken zu laufen. Es macht keinen Sinn, denn entscheidend ist das Ziel. Kommt Zeit, kommt Rat! Das sagten schon unsere Vorfahren. Und bei der von mir spontan entwickelten Laufkonzeption hat jeder die Chance, früher oder später auch am Ziel anzukommen.

Ich spürte, wie ein ungewohntes Glücksgefühl meinen zermarterten Körper durchströmte. Mein Rücken, meine Beine, meine Knie, meine Atemwege und sogar meine Arme – sie alle waren gefühlt zerstört durch eine kaum fassbare körperliche Leistung. Aber jetzt hatte ich endgültig erkannt: Ich war auf dem richtigen Weg, ein Vorbild für alle körperbewussten Menschen!

Keine Neurose ohne Dornen

Ich weiß nicht, ob Sie sich an unsere Nachbarin erinnern, Dorothea Neumeier. Millionen haben sie gesehen, als sie neulich in einer Sendung über die neurotischen Frauen von neurotischen Männern mit dem Rücken zur Kamera in einem Wartezimmer saß. Seitdem ist auch der letzte von uns stolz auf sie.

Sie war eigentlich schon immer etwas Besonderes. Jeder ihrer Besuche beim Psychiater bot neuen aufregenden Gesprächsstoff. Und während ihre Neurose blühte und gedieh, standen wir anderen nichtneurotischen Psycho-Banausen verlegen in der Gegend herum und hatten nichts Gleichwertiges entgegenzusetzen.

Ich zum Beispiel reiße mir zwar Fingernägel ab, ziehe Haare aus, zupfe ständig an den Ohren, zerkaue systematisch Kugelschreiber und stoße auf dem Boden liegende Gegenstände wie Konservendosen, leere Milchpackungen und kaputte Bälle mit Füßen. Aber für eine Neurose, erklärte mir Dorothea Neumeier, reiche das bei weitem nicht aus.

Ihre Neurose hingegen ist ganz schlimm: Frau Neumeier leidet an einer krankhaften Furcht vor kleinen Kindern.

Das liegt in ihrer Kindheit begründet. Sie war gerade vierzehn Jahre alt, da bekam sie zum ersten Mal geradezu panische Angst vor einem Kind. Es ist dann noch einmal gutgegangen, aber die Angst blieb. Jedesmal, wenn kleine Kinder bei ihr zu Besuch sind, hat Dorothea Neumeier Angst, dass die Kinder Kirschtorte in den Teppich schmieren, volle Kaffeetassen vom Tisch reißen, die Tapeten mit Filzer bemalen, den wertvollen Spiegel mit ökologischem Spielzeug zerschlagen, die Teppichfransen abschneiden und Cola ins Klavier gießen.

Meistens machen sie das denn auch tatsächlich. Aber mein Ratschlag, lieber die Eltern mit den Kindern zum Psychiater zu schicken und selbst zuhause zu bleiben, stieß bisher immer auf empörte Ablehnung. Es sei schließlich i h r e Neurose, und sie habe zu ihrem Psychiater eine freundschaftliche Beziehung aufgebaut, die man pflegen müsse.

Ganz plötzlich aber haben die Dinge eine überraschende Wendung genommen. Der Anstoß kam, wie so vieles, aus Amerika. Dort hatten nämlich Wissenschaftler festgestellt, dass es im Grunde genommen nichts Langweiligeres als Menschen o h n e Neurosen gibt. Diese seien ungesellig, unsensibel, und man könne sich ebensogut mit einem Stein unterhalten. Neurotiker seien den Dingen des Lebens gegenüber viel aufgeschlossener, ihre Neurose sei gleichsam der Motor zum Erfolg.

Dorothea Neumeier hat sich diesem Trend unverzüglich angeschlossen. Während sie früher mit leidendem Gesicht von ihrer Neurose sprach, tut sie es heute voller Stolz. Aber da hat sie nicht mit dem Neid ihrer Mitmenschen gerechnet. Ich zum Beispiel möchte auch mal im Mittelpunkt stehen. Ich möchte auch eine, meinetwegen nur ganz, ganz kleine Neurose haben, auf die ich stolz sein kann. Nur: Wie kommt man als ungebildeter medizinischer Laie an eine Neurose?

Man muss da sehr wach sein. Meine Stunde war gekommen, als ich entdeckte, dass auch Onassis Neurotiker war: Er litt an einer krankhaften Angst vor Armut. Und genau dies ist es, was uns beide verbindet: Auch ich leide an einer krankhaften Angst vor Armut: Der einzige Unterschied ist der, dass meine Angst begründet ist.

Ich habe noch weitere Ängste an mir feststellen können: Ich leide zum Beispiel an einer geradezu krankhaften Angst vor Finanzbeamten und vor Polizisten, noch mehr vor Polizistinnen, was ich durch ein ständiges, etwas verkrampft wirkendes Lächeln zu überspielen versuche.

Diese Neurosen geben nicht viel her, aber allein meine Onassis-Neurose reicht aus, mich in der ganzen Nachbarschaft bekannt zu machen und Dorothea Neumeier zeitweilig in den Schatten zu stellen. Die Leute sehen mich und flüstern einander zu: „Das ist er!"

Auch sonst beginne ich, seit ich meine Neurose entdeckt habe, zunehmend auf Onassis' Spuren zu wandeln. Onassis war ja voll drin im internationalen Tankergeschäft. Ich selbst bin, Geschäft ist Geschäft, voll drin im – bitte sagen Sie es auf keinen Fall weiter, ich möchte die Konkurrenz nicht wecken – im Neurosenhandel. Sie haben richtig gehört: Es gibt hunderttausende Menschen auf der ganzen Welt, die keine einzige auch nur halbwegs brauchbare Neurose vorweisen können. Die Amerikaner haben uns wieder einmal gezeigt, dass sie nicht nur in ihrer Außenpolitik, sondern auch im Bereich der Medizin bahnbrechend sind. Wer kümmerte sich bisher um diejenigen, die nicht auf Neurosen gebettet sind? Woher eine Neurose nehmen und nicht stehlen?

Dank der amerikanischen Wissenschaftler hat sich hier nun eine echte Marktlücke aufgetan. Und ich bin es, der diesen Menschen ihre Neurose liefert, maßgeschneidert, frei Haus und hundertprozentig wirksam. In meinem Verwandten- und Bekanntenkreis hat man diese Fähigkeit in mir schon immer geahnt. Aber nun ist das zur Geschäftsidee geworden.

Schon konnte ich drei Neurosenzüchter zusätzlich einstellen. Auf meinem Schreibtisch steht eingerahmt unsere Firmen-Hymne: „Sah ein Knab‘ ein Neuröslein steh'n". Und unser neuester Hit ist die Fernvermittlung von Neurosen: „Neurosen per Neurop" – ein liebevolles Geschenk von Dauer für aufmerksame Verwandte, Freunde und Bekannte, die man aus irgendeinem Grunde nicht mag. Ich kann nur sagen: Noch nie sah meine Zukunft so neurosig aus.

Wir mögen Menschen, die frisch heraus sagen was sie denken – falls sie dasselbe denken wie wir.

(Mark Twain)

Wir arbeiten Hand in Hand –
Was die eine nicht schafft,
lässt die andere liegen.
(Lutz Ackermann)

Der Neid ist die
aufrichtigste Form der Anerkennung.

4. Kapitel

Der Alltag hat uns fest im Griff

Es ist ratsam, auf dem Teppich
zu bleiben, wenn man vieles darunter gekehrt hat.

Der Mensch steht
im Mittelpunkt.
Und damit allen
im Wege.

Manch einer ist so
geizig, dass er nur
auf Kosten anderer
lacht.

Leise fieselt das Spray ...

Eine der bedeutsamsten Entwicklungen unserer Zeit ist – neben dem Kugelschreiber, der Weltraumfähre, der Bankenkrise und dem Toaster – die Spraydose. Leiden Sie an Fußgeruch, an zu blasser Haut? Springt der Motor nicht an, der Koffer nicht auf oder schmerzt der Kopf? Schmutzige Fenster, dichte Nase, kaputte Stimme oder Kratzer auf den Möbeln? Herzschmerzen, Raubüberfall oder angebrannte Kochtöpfe? Das alles kann uns heutzutage nicht erschüttern. Denn gut gesprayt ist schon gewonnen. Mit dem Sprayzeug in der Hand kommt man durch das ganze Land.

Man sprayt gegen beschlagene Brillen, Achselschweiß, Muskelzerrungen, Hunde und Insekten aller Art. Für saubere Backöfen, haltbare Frisuren, besseres Klima im Wohnzimmer und gebräunten Teint. Gegen Rostflecken, üblen Mundgeruch, Sonnenbrand und vereiste Türschlösser. Der gute Eindruck, den man heute auf Partnerin oder Partner seiner Wahl macht, hängt nicht unwesentlich von der Wahl der richtigen Spraydose ab. Wohin man auch schaut, wie das Leben auch spielt – einer sprayt immer.

Was hat der Spraydose eigentlich zu diesem weltweiten Erfolg verholfen? Es gibt dafür nur eine einleuchtende Erklärung: Es liegt an der reibungslosen Kombination von Ursache und Wirkung, von Knopfdruck und Doseninhalt. Der zivilisierte Mensch liebt kaum etwas mehr, als auf energiesparende Weise die Übersicht zu behalten. Das tut er, indem er auf einen Knopf drückt. Der Knopf ist es, der unser Leben bestimmt.

Früher musste man alles selbst machen: Zähneputzen, Mückentotschlagen, Schuhe säubern, Füße waschen. Für ein gesundes Raumklima sorgen, den Körper bräunen, die Folgen des Sonnenbadens lindern, Rost abkratzen und für frischen Atem sorgen.

Heute erledigt man das mit Spray. Man drückt auf den Knopf, und schon ist das Problem gelöst. Wichtig ist nur, sich nicht in der Spraydose zu vergreifen. Sicherlich wäre es verhängnisvoll, wollte man mit dem Insekten-Spray die Frisur festigen oder mit dem Fußdeodorant den Rachenraum geruchlich verfeinern.

Was nun verleiht ausgerechnet dem Knopf den besonderen Reiz? Ganz einfach: Man braucht nur kurz draufzudrücken, und schon geschieht etwas. Mit einem Minimum an Kraftaufwand, also energiesparend, erzielt man den gewünschten Effekt. Ein Knopfdruck genügt. Auch der Revolver verdankt letztlich dem Knopfeffekt seinen Erfolg: Man drückt einfach, und die Wirkung kann tödlich sein, wie uns das Fernsehen immer wieder beweist. Wie denn auch der Krieg ganz allgemein durch den Knopfdruck viel wirkungsvoller geworden ist.

Der Knopf an der Spraydose hat aber auch zur Folge, dass die Bequemlichkeit Triumpfe feiert. Getragen von gasförmigen Partikelchen, freigesetzt durch einen zarten Fingerdruck, werden die Wirkstoffe an ihr Ziel transportiert. Weit über 700 Millionen Spraydosen werden jährlich in Deutschland versprüht. Fast zehn Dosen entfallen auf jeden statistischen Deutschen. Und noch ist kein Ende abzusehen.

Als nächstes sollen angeblich bei Discountern und in den Supermärkten ganze Lebenshilfe-Batterien von Spraydosen auf den Markt gebracht werden. Im Angebot: Liebeskummer? Erziehungsschwierigkeiten? Depressionen? Völlegefühl? Miese Vorgesetzte? Eheprobleme? Greifen Sie zur Spraydose Ihrer Wahl!

Dennoch gibt es immer noch Probleme, die sich bis heute nicht mit der Spraydose lösen lassen: Es gibt kein Spray für gute Laune, fröhliche Stimmung und für Steuersenkungen. Kein Spray gegen böse Nachbarn, schlechtes Wetter, unfähige Politiker, korrupte Bankmanager, Staus auf der Autobahn, öffentliche Gebührenerhöhungen, miese TV-Sendungen, wuchernde Bürokratie und plötzliche Kälteeinbrüche. Auch ge-

gen zu wenig Geld in der Tasche, zu viel Ärger und Haarausfall ist bisher noch kein
Spray entwickelt worden.

In diesen Fällen sind wir noch auf uns
selbst angewiesen. Aber unser Glaube an
den Fortschritt ist nicht mehr aufzuhalten.
Alles ist nur noch eine Frage der Zeit: Das
kann doch einen Spraymann nicht erschüttern ...

Bürgererschießen in Wandsbek

Meine Damen und Herren, Wandsbek ist einer von 104 Hamburger Stadtteilen, und ich durchquere diesen Stadtteil öfter mit dem Wagen. Kürzlich nun sah ich zu beiden Seiten der Hauptstraße, die ich durchfuhr, ungewöhnlich viele gelbe Plakate in dichtem Abstand. Das erregte meine Aufmerksamkeit, und ich las auf den Schildern „Bürgererschießen in Wandsbek". Alles andere war in kleinerer Schrift und für mich als Autofahrer nicht so ohne weiteres erkennbar.

Nun ist es meines Wissens nicht zulässig, andere Bürger zu erschießen. Dies gilt in juristischem Sinn als Straftatbestand und wird normalerweise bestraft. Da ich aber nicht in Wandsbek wohne, sondern eben nur hindurchfahre, fühlte ich mich nicht direkt betroffen und machte mir keine besonderen Gedanken, zumal Wandsbek ohnehin zu den bevölkerungsreichsten Stadtteilen zählt und Verluste nicht gleich ins Auge fallen.

Als ich aber drei Wochen später immer noch diese gelben Plakate an den Straßenrändern stehen sah, begann ich mir doch Gedanken zu machen: Was war los in Wandsbek? Weshalb wurden hier – offenbar über einen längeren Zeitraum – Bürger erschossen? Was hatten diese Bürger getan, dass sie erschossen wurden? War nicht die Todesstrafe abgeschafft? Würden es längere Freiheitsstrafen nicht auch tun? Und was für Menschen waren es, die Wandsbeker erschießen mussten? Verfügten sie über die notwendige Qualifikation? War das Erschießen von Wandsbekern möglicherweise ein Ausbildungsberuf? Oder konnte man die nötigen Voraussetzungen auch über berufliche Fortbildungsmaßnahmen erlangen?

Wer bestimmte überhaupt, welche Wandsbeker erschossen werden sollten? Man konnte doch nicht einfach alle Wandsbeker erschießen! Wie überall musste es doch auch hier einen Ermessensspielraum geben, um einige Wandsbeker am Leben zu lassen. Und ohne Wandsbeker wären doch beispielsweise die gesamten Verkehrsampelanlagen in Wandsbek weitgehend eine Fehlinvestition! Fragen über Fragen – und keine Antwort bisher.

Die Durchfahrt durch Wandsbeks Straßen begann mich zunehmend zu belasten – klar, es konnte mich als zivilisierten Europäer nicht einfach kalt lassen, wenn hier ein ganzer Stadtteil möglicherweise weitgehend ausgerottet werden sollte – hallo, Sie da, der Herr in der zweiten Reihe rechts außen, eine Wortmeldung? Ach, Sie s i n d Wandsbeker? Ja, wieso leben Sie denn noch? Hat man Sie vergessen? Wie bitte –

es heißt gar nicht „Bürgererschießen in Wandsbek", sondern „Bürgerschießen in Wandsbek"?

Da bin ich aber froh, tut mir leid, Entschuldigung, meine Augen sind auch nicht mehr das, was sie früher einmal waren – obwohl, im Grunde genommen, ändert das so viel? Hier werden doch ganz offensichtlich Wandsbeker aufgefordert zu schießen. Auf andere zu schießen bleibt ein Straftatbestand im juristischen Sinne. Es ist verboten! Braucht man nicht eine besondere Schießerlaubnis? Und darf man denn überhaupt eine Waffe besitzen? Da könnte ja jeder kommen – eine Pistole hier, ein Maschinengewehr da, ein Buschmesser, ein Raketenabschussgerät, möglicherweise mit Atomsprengkopf – man kann doch bei uns, im Herzen Europas, nicht einfach so losschießen! Wo sind wir denn? In Wandsbek etwa? Und auf wen sollen die Wandsbeker denn schießen - Kühe, Pferde, Schafe gibt es hier doch kaum noch. Auf Hunde, Katzen, Vögel, auf Wachtelkönige etwa? Das würde sofort, und durchaus zu recht, Ärger mit den Tierschützern geben! Da könnte ja jeder kommen. Oder sollen die Bürger auf Wandsbeker schießen? Auf Frauen, auf Kinder gar? Dürfen die denn das?

Ich finde das einfach nicht richtig! Auch, wenn es so viele Wandsbeker gibt, dass sie zu einem Übervölkerungsproblem zu werden drohen – man kann nicht einfach auf sie schießen, nur um die Bevölkerungszahl begrenzt zu halten! Was macht das für einen Eindruck, besonders im Ausland. Gerade sind wir wieder wer – nicht nur in Europa, nein, weltweit gesehen sogar! Die Welt blickt auf uns! Und was sieht sie? Wandsbeker schießen – auf wen, das konnte ich bis zum jetzigen Zeitpunkt nicht klären. Auf Touristen etwa? Auf missliebige Politiker? Auf Bankmanager? Auf ahnungslose Durchreisende? Konnte ich es mir überhaupt noch leisten, durch Wandsbek zu fahren? War das Risiko nicht zu hoch?

Nein, meine Damen und Herren, was hier zur Zeit in Wandsbek stattfindet, darf einfach nicht sein! Die Folge ist eine zwangsläufig immer stärker umsichgreifende Verunsicherung weiter Bevölkerungsschichten. Hier sind die Ordnungskräfte aufgerufen, unverzüglich entsprechende Maßnahmen zu ergreifen. Wir wollen keinen Krieg, weder in Europa, noch in Hamburg. Hier ist auch die Innenbehörde gefordert. Was wir hier brauchen, ist Ruhe, Sicherheit und Ordnung. Wir wollen kein Wildwest in Hamburg. Zumal Wandsbek zum Osten Hamburgs gehört. Aber wir wollen auch kein Wildost! Wandsbek in Flammen – wollen wir das? Nein!

Meine Damen und Herren, ich fordere mit sofortiger Wirkung ein absolutes Schießverbot für die Wandsbeker! Zumindest in Wandsbek! Danke für Ihre Aufmerksamkeit!

Urlaub mal anders

„Diesmal machen wir es anders", hatten wir beschlossen, „keine Probleme bei der Wahl des Urlaubsortes, kein mühseliges Kofferpacken, kein Stress am Flughafen, keine Probleme mit der leerstehenden Wohnung und unseren Pflanzen, kein Ärger mit den Staus auf der Autobahn, mit dem Hotelzimmer und irgendwelchen Baustellen in der Nähe des Hotels. In diesem Jahr bleiben wir erstmals zuhause in unseren eigenen vier Wänden, genießen die himmlische Ruhe und erholen uns so richtig!"

„Schmidtmanns sind jetzt auch in Urlaub gefahren", berichtet die langjährige Gefährtin meines Lebens am ersten Morgen unseres Urlaubs und gießt mir eine Tasse Kaffee nach. „Drei Wochen Mallorca direkt am Strand in der Nähe von Arenal."

„Wie wundervoll", sage ich und recke mich genüsslich auf dem Balkon, „wie wundervoll, die Schmidtmanns so weit weg zu wissen. Ich freue mich wirklich über Familien mit vier Kindern, Deutschland braucht solche Familien, aber müssen sie denn ausgerechnet über uns wohnen?"

„Es ist wirklich sehr ruhig hier", bestätigt die Gefährtin meines Lebens eigenartig beunruhigt.

„Eine herrliche Ruhe!" freue ich mich demonstrativ.

„"Eine geradezu gespenstische Ruhe!"

„Immerhin sind wir nicht allein im Haus", versuche ich sie zu trösten, „da sind die Kammbauers mit ihrem Terrier. Und die Mersebachers mit ihren beiden Kindern..."

„Kammbauers sind gestern an die Nordsee gefahren. Und Mersebachers sind für drei Wochen nach Tunesien geflogen. Die Kinder campen mit den Großeltern an der Algarve!"

„Und dann ist da noch das uralte Ehepaar im Erdgeschoss, die Greisenauers..."

„Die sind nicht uralt, sondern gerade erst siebzig und sind auf Safari in Kenia. Wir sitzen jetzt ganz allein im Haus. Mutterseelenallein. Alles ist wie ausgestorben!"

Ich glaube einen Hauch von Panik in ihrer Stimme zu hören. „Fantastisch!", versuche ich gegenzusteuern und räkle mich demonstrativ. „Endlich haben wir die Ruhe, nach der wir uns jahrelang gesehnt haben. Wir brauchen nicht mehr für teures Geld auf den gewohnten Komfort zu verzichten. Es ist wie zu Hause – nur viel schöner. Diese Stille im Haus ist Balsam für meine vom Großstadtlärm zerfressene Seele."

„Mich lähmt diese Stille", sagt die langjährige Gefährtin meines Lebens aufmüpfig. „Kein Getrappel im Treppenhaus, kein Kindergeschrei, keine Nachbarin, die mit ihrem Ehemann herumzankt oder umgekehrt. Kein Telefon, das nachts klingelt, alle Freunde und Bekannte sind im Urlaub. Niemand, der sich auch nur verwählt. Keine heulenden Polizeisirenen, keine Feuerwehr im Einsatz..."

„Klar", sage ich, „die Brandstifter sind alle in Urlaub". Genüsslich schlürfe ich meinen Kaffee, während ich gleichzeitig in der Zeitung herumblättere, die von überfüllten Autobahnen berichtet.

„Eine Grabesruhe", sagt die langjährige Gefährtin meines Lebens mit düsterer Stimme.

„Meine Güte!" beginne ich mich langsam aufzuregen. „Es gibt doch immer noch genügend Geräusche. Da ist das Ticken der elektrischen Uhr. Da ist das Badewasser, das gluckernd abläuft, das Klicken des Toasters. Schalt doch das Radio ein..."

„Weißt du übrigens, dass wir ab morgen keine frischen Brötchen mehr bekommen?"

„Wieso denn das?"

„Der Bäcker geht in Urlaub. Drei Wochen Griechenland."

„Dann kaufen wir die Brötchen an der Tankstelle."

„Geht nicht. Die haben auf Urlaubsbetrieb umgestellt und verkaufen jetzt nur noch Bier, Wein, Zigaretten und Benzin. Der Zeitschriftenhändler macht übrigens auch dicht. Zwei Wochen Jugoslawien. Dann hast du auch keine Zeitung mehr."

Langsam habe ich das Gefühl, dass hier jemand Streit sucht. „Dann holen wir eben alles vom Discounter!", fange ich an zu schreien.

„Der ist so weit weg, dass wir den Wagen brauchen. Aber der ist ja kaputt."

„Ach, richtig", bemühe ich mich ruhig zu bleiben, „der muss in die Werkstatt. Das kann aber nur eine Kleinigkeit sein. Ich rufe mal eben an – verdammt, die haben ja Betriebsferien. Versteht nicht der Hausmeister was von Autos?"

„Der macht Urlaub auf den Bahamas".

„Wer kümmert sich denn um die leeren Wohnungen? Da kann doch immer was passieren. Wasserschaden, Kabelbrand, Einbruch. Immerhin haben wir eine Hausverwaltung ..."

„Die haben Betriebsferien und lassen sich durch den Hausmeister-Vertreter vertreten. Aber der ist nicht erreichbar."

Langsam gerate ich in Panik. „Da muss doch irgendjemand sein, den man ansprechen kann in den Ferien. Sind wir denn die einzigen Menschen hier in der ganzen Gegend?"

„Unser einziger Gesprächspartner ist der Fernseher. Schau mal hin!"

„Wieso? Ich sehe nichts!"

„Kannst du auch nicht. Der Fernseher ist kaputt!"

„Das ist ja nicht zum Aushalten!", schreie ich los. „Bin ich denn Robinson? Und wieso diese fürchterliche Stille! Nichtmal die Blätter an den Bäumen rauschen! Wieso weht denn hier kein Wind?"

„Das ist doch ganz klar, mein Schatz!" flötet die Gefährtin meines Lebens. „Der macht gerade Urlaub am Mittelmeer."

„Woher bekommen wir unsere Mahlzeiten, und wie kommen wir an Getränke ran, wenn alle in Urlaub sind. Ich bin sicher, dass unser Arzt auch Urlaub macht. Und der Apotheker erst recht. Was geschieht, wenn wir krank werden? Komm, wir müssen hier sofort weg! Lass uns zu deinen Eltern fahren!"

„Das geht nicht. Die machen Urlaub auf Elba."

„Ich will hier raus! Das ist ja wie im Gefängnis. Nur dass es hier keine Aufseher gibt. Die machen wohl auch gerade Urlaub! Komm, pack die Sachen, ab in den Fahrstuhl und nichts wie weg!"

„Der Fahrstuhl funktioniert seit gestern Abend nicht mehr. Den Vertreter des Hausmeister-Vertreters habe ich über Anrufbeantworter informiert".

„Dann laufen wir die ganzen Treppen eben zu Fuß hinunter".

„Und dann? Unser Wagen ist doch kaputt!"

„Dann nehmen wir einen Leihwagen. Meinetwegen auch einen Kinderwagen. Oder einen Tretroller! Ein Paddelboot oder ein U-Boot!"

Es gibt Momente, die selbst mich dazu bringen, die Kontrolle über die Qualität meiner sonst so konstruktiven Vorschläge kurzzeitig zu verlieren.

Es gelingt uns, einen Taxifahrer zu bestechen, der eigentlich gerade selbst in Urlaub fahren wollte. Wir landen nach qualvollem Last-Minute-Flug in einem Hotel für kinderreiche Familien in einer Abstellkammer unter dem Dach mit zwei Kinderbetten in Bulgarien. Die Hitze ist unerträglich, der Lärm nicht zum Aushalten und der Service ein Gerücht. Wenn wir morgens aufwachen, graut uns vor dem kommenden Tag. Wir stehen kurz vorm Nervenzusammenbruch.
Aber endlich fühlen wir uns wieder wie im Urlaub!

Vorsicht, Jagd!

Auch wenn sie aus Sicherheitsgründen zum Schutz von uns Autofahrern nicht mehr erwünscht sind – noch gibt es sie: die Alleen, laut Kreuzworträtsel „von Bäumen flankierte Verkehrswege".

Eine solche Allee fuhr ich friedlichen Gemütes, wie es meine Art ist, mit meinem Wagen entlang und erfreute mich der beschaulichen Landschaft zur Linken und zur Rechten - da sah ich es: An einem der Bäume vor mir, auf der rechten Seite, war ein Schild befestigt. Es war ein rotumrandetes weißes Dreieck mit der Spitze nach unten, entsprechend dem Vorfahrtsschild aus unserer Straßenverkehrsordnung. Nur war dies hier zusätzlich mit dem Schriftzug versehen: „Vorsicht, Jagd!"

Das stimmte mich nachdenklich. Ich trat auf die Bremse, fuhr an den Straßenrand und kam unmittelbar vor dem beschilderten Baum zum Stehen: „Vorsicht, Jagd!" – was wollte uns dieses Schild sagen?

Niemals zuvor in meinem Autofahrerleben hatte ich ein derartiges Schild gesehen. Auch damals in der Fahrschule war das kein Thema. Klar: Das Schild sollte uns Autofahrer warnen. In diesem Fall waren es offensichtlich Menschen, die uns sagen wollten, dass in dieser Gegend gejagt wird.

Allerdings ließ das Schild sehr viele Fragen offen: Wann wurde gejagt? Und wie lange? Hatte die Jagd schon angefangen? Oder war sie erst für den kommenden Monat geplant? Wenn die Jagd schon im Gange war – wo genau fand sie statt? Und überhaupt: Wer jagte? Vermutlich waren es Menschen. Aber was für Menschen waren es – waren sie feinfühlig, mutig, entschlossen, gewalttätig, verantwortungsbewusst, liebevoll, skrupellos, pflichtbewusst? Wer waren diese Leute? Waren es professionelle Jäger? Ehrbare Landwirte oder gar Diplomlandwirte? Waren höhere Verwaltungsbeamte dabei? Inspektoren, Amtmänner oder gar Regierungsräte? Gemeinderatsvorsitzende, Parteivorsitzende, Bürgermeister aus dieser Gegend? Handwerker, Unternehmer, Chirurgen, Wissenschaftler, Fluglotsen?

Dies alles waren Fragen, die für Menschen wie mich, die in dieser Sekunde möglicherweise dem Tod ins Auge sahen, von größter Bedeutung waren. Ich erinnerte mich an Zeitungsberichte, wonach in den letzten zwei Jahren mindestens vier Jäger von ihren Jagdgefährten angeschossen oder gar erschossen wurden.

Wenn es denen so erging, welche Chance hat denn unsereiner? Da muss man doch wissen, mit wem man es eigentlich zu tun hat. Überhaupt: sind es nur Männer, die jagen? Oder sind auch Frauen dabei? Noch nie habe ich von Jägerinnen gehört. Sicherlich, es gab die Amazonen. Aber das ist schon lange her. Man spricht von den Waffen einer Frau – weshalb sollten diese nicht auch bei der Jagd eingesetzt werden? Weshalb sollten nicht Rechtspflegerinnen, Zahnärztinnen, Krankenschwestern oder Kindergärtnerinnen dabei sein? Gibt es eine Regelung, die einen bestimmten Prozentsatz von Flintenweibern bei der Jagd garantiert? Eine Quotenregelung? Denn Flinten sind es doch wohl, mit denen gejagt wird.

All diese Fragen wurden von dem Warnschild, vor dem ich gehalten hatte, nicht beantwortet. Von der Flut der Fragen erdrückt, war ich auf meinem Fahrersitz vor dem Warnzeichen zusammengesunken – aber dann schreckte ich jäh hoch: Wenn es Jäger gibt, dann gibt es auch Gejagte. Wer wurde hier gejagt? Doch hoffentlich keine Autofahrer! Das ist doch eigentlich Sache der Polizei!

Andererseits wollte man hier offensichtlich vermeiden, dass Autofahrer erschossen wurden. Deshalb dieses Warnschild. Aber immerhin waren selbst Jäger erschossen worden. Ich persönlich bin von Natur aus dagegen, erschossen zu werden. Ich bin nach wie vor der Meinung, dass man Konflikte lösen kann, ohne dass andere erschossen werden. Aber hier wurde eindeutig geschossen. Auf wen? Wenn nicht auf

Autofahrer, dann vielleicht auf Wildschweine, Rehe oder Hirsche? Auf Kühe, Enten, Kaninchen, Feldmäuse oder Regenwürmer? Und wenn ja, weshalb wollte man diese Tiere umbringen?

Des Fleisches wegen? Ich selbst habe nie gejagt. Ich bin unbewaffnet und musste immer das nehmen, was es im Supermarkt gab. Richtig: Rindfleisch, Schweinefleisch, Thunfisch.

Ich verstand das alles nicht. Wenn ich eine Spinne im Zimmer entdecke, trage ich sie hinaus, um sie nicht zu verletzen. Ich respektiere das Leben als solches. Hier aber wurden ganz offensichtlich Lebewesen willentlich umgebracht.

Ratlos saß ich in meinem Wagen. Kein anderer Autofahrer in der Nähe, den ich um Rat hätte fragen können. Selbst Jäger waren nicht in Sicht. Zulassungsbescheinigung und Kfz-Versicherung halfen mir in dieser Situation ebenfalls nicht weiter. Was sollte ich machen? Das Warnschild und ich – wir waren jetzt ganz allein in dieser unverständlichen Welt.

Ich musste mich entscheiden. Ich konnte hier nicht ewig stehen bleiben. Hatte ich überhaupt eine Überlebenschance? Sollte ich auf der Stelle umkehren? Aber auch eine Wende kann ihre Probleme mit sich bringen, das wissen wir als Deutsche. Nein – ich ging das Risiko ein, startete und beschleunigte innerhalb kürzester Zeit auf Tempo hundertzwanzig, weil ich der Ansicht war, dass die Gefahr, bei Tempo hundertzwanzig von Jägern getroffen zu werden, nur halb so groß ist wie beim zulässigen Tempo sechzig. Und Sie, die Sie nun diese Geschichte zur Kenntnis genommen haben, wissen, dass die Entscheidung richtig war: Es ist nochmal alles gutgegangen.

Allerdings, eines ist klar und sollte den Zuzug der Landbevölkerung in die Großstädte verständlich machen: In Hamburg wäre mir das nicht passiert!

Agamemnons Tochter

Heutzutage muss man nicht nur fit, flexibel und mobil sein, sondern auch noch sein umfangreiches Wissen ständig erweitern. Zu diesem Zweck nehmen unsere Mitmenschen an Fernlehrgängen und Wochenendseminaren teil, sie besuchen Abendkurse, machen Berufsfortbildung, lesen die Bild-Zeitung und sehen konsequent fern.

Ich hingegen löse Kreuzworträtsel. Dies bietet mir eine hervorragende Möglichkeit, erstens mein überragendes Wissen einzusetzen, und zum anderen lerne ich fortwährend Dinge hinzu, mit denen ich mich sonst nie beschäftigt hätte. Ich nehme da mal die Inselgruppe an der Südspitze Südamerikas mit neun Buchstaben, einen Fluss im Kaukasus mit fünf Buchstaben oder die Mutter der Nibelungenkönige mit drei Buchstaben.

Einmal allerdings musste ich mich geschlagen geben: „Wie heißt die Tochter von Agamemnon?", fragte der Kreuzworträtselautor und ging damit für meinen Geschmack einen Schritt zu weit. Zwar kennt man Agamemnon, aber bis dahin war mir völlig unbekannt, dass er eine Tochter hatte. Natürlich hätte ich ihn nun anrufen können: „Hallo, Aggy, wieso hast du mir denn nie erzählt, dass du eine Tochter hast? Wie sieht sie aus? Was treibt sie denn so? Und vor allem, wie heißt sie? Vorn ein „I", hinten ein „A" und in der Mitte ein „G", das weiß ich schon. Aber der Rest?"

Nun ist unser Verhältnis nicht so eng, dass ich Agamemnon auf diese Weise hätte ansprechen können. Auch eine SMS wäre verfehlt gewesen. Im Übrigen hatte ich seine Telefonnummer nicht.

Nach kurzem Nachdenken beauftragte ich eine Auskunftei, mir Material über die Familienverhältnisse von Agamemnon zusammenzustellen. Schon nach längerer Zeit hielt ich den aufsehenerregenden Bericht in den Händen und konnte es kaum fassen:

Agamemnon, glücklich verheiratet mit seiner Frau Klytämnestra, hatte nicht nur eine Tochter, nämlich Iphigenia, sondern auch noch einen Sohn, Orestes, und überdies eine jüngere Tochter, Elektra, was mir bis dahin völlig unbekannt war.

Was sich jedoch in dieser Familie abgespielt hatte, entsetzte mich und hätte für viele Wochen die Schlagzeilen auf den Titelseiten unserer größten deutschen Zeitungen geliefert. Agamemnon nämlich hatte eine längere Auslandsreise geplant, die aber nach Angaben eines Sehers – nicht Fern-, sondern Hellsehers – nur dann Erfolg haben konnte, wenn Agamemnon seine älteste Tochter opfern würde.

Nun sind Menschenopfer bekanntlich im juristischen Sinn unzulässig und bei uns verpönt. Es spricht für Agamemnon, dass er lange Zeit schwer mit sich kämpfen musste, denn er liebte seine älteste Tochter. Aber dann verlor er diesen Kampf, was den Familienfrieden ernstlich beeinträchtigte, denn seine Ehefrau Klytämnestra war nicht bereit, ihm diese Tat zu verzeihen. Agamemnon begab sich schweren Herzens für lange Zeit auf Reisen bis vor die Tore einer Stadt namens Troja. Die hasserfüllte Klytämnestra aber nahm – man weiß, wie nachtragend Frauen sein können – den bekannten Ägisthos als Geliebten und Lebensabschnittgefährten zu sich. Sie verbrachten eine wundervolle Zeit, bis eines Jahres Agamemnon frohen Herzens zu seiner Familie zurückkehrte und sich dort ein heißes Bad gönnte.

Das hätte er nicht tun sollen, denn nun zeigte sich, dass man Körperpflege nicht übertreiben darf. Seine wegen Iphigenias Opfertod immer noch hasserfüllte Gattin und Ihr Liebhaber Ägisthos machten Agamemnon mit einem Netz, wie es heute noch die Fischer verwenden, unter Wasser kampfunfähig und ermordeten ihn dann mit zahllosen Dolchstichen auf vermutlich bestialische Weise. Niemand erfuhr von dieser strafrechtlich unzulässigen Tat – bis auf Elektra, denn das Nesthäkchen hatte das grauenvolle Verbrechen aus einem Versteck mit schreckgeweiteten Augen verfolgt.

Als Orestes, ihr Bruder, wenig später von einer Auslandsreise zurückkehrte, erzählte ihm Elektra von diesem entsetzlichen Mord an beider Vater Agamemnon. Orestes zeigte sich äußerst ungehalten und ermordete nun seinerseits hasserfüllt seine Mutter Klytämnestra.

Entsetzt über diese unglaublichen Entgleisungen eines offensichtlich fehlgeleiteten Familienverständnisses bemühte ich mich, den weiteren Hintergrund dieser Tragödie aufzuhellen. Beruhigend war für mich, dass dies alles nicht in Deutschland, sondern in Griechenland geschehen war, das wir ja eigentlich von den Olympischen Spielen 2004 her nur in guter Erinnerung haben. Aber immerhin gehört auch Griechenland – ebenso wie wir – zur Europäischen Union, und es kann uns daher nicht kaltlassen, was dort geschah. Ausgehend von meinem Kreuzworträtsel verfolgte ich nun auf eigene Faust die ganze Familienangelegenheit weiter und musste bald mit Entsetzen feststellen, dass in dieser Familie pervertiertes, abnormes Verhalten offenbar an der Tagesordnung war.

Ein Vorfahr von Agamemnon nämlich war Tantalos. Er war Sohn des Gottvaters Zeus, hatte als einziger Sterblicher am Tisch der Götter gegessen und vermutlich noch viel mehr getrunken. Dieser Tantalos nun ließ seinen Sohn Pelops schlachten und setzte ihn geschmackloser Weise den Göttern als Mahlzeit vor, um sie zu testen: Würden sie es merken?

Sie merkten es und nahmen das Tantalos gewaltig übel, so übel, dass sie ihn straften. Sie stießen ihn in die Unterwelt hinab, wo er die sogenannten „Tantalos-Qualen" erleiden musste: Er war von den herrlichsten Speisen, von frischem Wasser und von Wein umgeben – aber er kam weder an das Essen noch an das Trinken heran – etwas, was man heutzutage bei uns als Folter ablehnen würde.

Dieser Tantalos hatte übrigens eine Tochter namens Niobe, die dadurch bekannt wurde, dass sie sieben Töchter und sieben Söhne hatte. Was sich dort in der Familie abspielte, ist nicht bekannt, aber heutzutage würden derartige Nachwuchszahlen jeden Staatshaushalt wegen des zu zahlenden Kindergeldes an den Rand des Ruins bringen.

Weitere Einzelheiten weisen daraufhin, dass diese Familie auch sonst schwer gestört war. So war Gottvater Zeus nicht von vornherein Gottvater. Er kam erst durch einen gewaltsamen Putsch an die Macht, indem er das alte Göttergeschlecht mit seinem eigenen Vater Kronos an der Spitze stürzte und sich selbst zum Gottvater machte.

Das hätte er nicht tun sollen, denn er erwies sich in dieser Funktion insofern als Versager, als er die Erde mit den von ihm erschaffenen Menschen bevölkern wollte, die er als Background für seine göttlichen Machenschaften brauchte: Vier Versuche misslangen ihm derart, dass er sie erschüttert abbrechen musste. Den fünften und letzten Versuch abzubrechen hatte er nicht mehr die Kraft, so dass nachblieb, was wir heute alle zur Genüge kennen, und was der uns allen bekannte Bestseller-Autor Hesiodos folgendermaßen beschrieb: „Dieses Menschengeschlecht", schrieb er, „ist gänzlich verderbt. Sie selbst sind die größte Plage. Der Vater ist dem Sohne, der Sohn dem Vater nicht hold ... der Gast hasst den Freund, der ihn bewirtet, der Genosse den Genossen (!), überall gilt nur das Faustrecht. Sie sinnen, ihre Städte gegenseitig zu vernichten ... nur den Übeltäter ehren sie, Recht und Mäßigung gelten nichts mehr, der Böse darf den Edlen verletzen, trügerische Worte sprechen und Falsches beschwören. Deswegen sind diese Menschen auch so unglücklich ..."

Angesichts dieser erschütternden Ahnengeschichte war mir nun klargeworden, weshalb es zu den Geschehnissen um Agamemnon kommen musste: Es waren ganz einfach die Gene!

Nach all diesen Vorfällen hatten natürlich meine Gefühle für unsere europäischen Schwestern und Brüder, die Griechen, erheblich gelitten. Ich beschloss, meinen Griechenlandurlaub umzubuchen und das Lösen von Kreuzworträtseln einzustellen.

Erst nach langem Zögern und angesichts der unweigerlich drohenden Bildungsdefizite, die sich ja heutzutage niemand mehr leisten kann, nahm ich dann doch Abstand davon und begnügte mich letztendlich mit dem Lösen weniger anspruchsvoller Kreuzworträtsel, in denen lediglich nach einem großen Nachtvogel mit drei Buchstaben, ein „U" vorn und ein „U" hinten, gefragt wurde.

Seitdem kann ich wieder ruhig schlafen.

Die Jugend wäre eine
noch viel schönere Zeit,
wenn sie etwas später
im Leben käme.

(Charlie Chaplin)

Erst bei Enkeln ist
man so weit,
dass man Kinder
ungefähr verstehen kann.

5. Kapitel

Kinder sind unsere Zukunft

Nur, wer erwachsen wird und Kind bleibt, ist ein
Mensch.   *(Erich Kästner)*

In den späteren Jahren
fühlt man sich so jung
wie früher –
es strengt nur mehr an.

Wie wenig wir wissen,
erkennen wir,
wenn unsere Kinder
anfangen zu fragen.

Die Kunst des Babysittens

„Nimm deine Enkelin mal eben", sagte meine Tochter und drückte mir den Griff des Kinderwagens in die Hand. „Es ist überhaupt kein Problem. Ich habe sie gewindelt, sie hat ihr Trinken gekriegt und schläft jetzt. Außerdem bin ich gleich zurück!"

Ich sah ihr ratlos nach, blickte auf den Griff des Kinderwagens in meiner Hand und fühlte mich äußerst unwohl. Das Kind allerdings schien sich wohlzufühlen.

Misstrauisch lugte ich in den Wagen hinein – da lag sie, die liebste Enkelin der Welt. Hervorstechendes Merkmal war ein Schnuller ziemlich in der Mitte des winzigen Gesichts, südlich der Nase. Das Kind schlief natürlich nicht. Es war hellwach und blickte ziellos in der Gegend herum. Skeptisch blickte ich das kleine Wesen an – es war mit Sicherheit keine Schönheit. Noch nicht, jedenfalls. Aber das lag wohl in der Familie. Auch von mir hatte man gesagt, ich hätte bei der Geburt ausgesehen wie ein abgezogenes Kaninchen.

Bemerkte sie mich überhaupt? Ich konnte keinerlei Blickkontakt herstellen. Die Augen waren offen, aber irgendwie blicklos.

Ich nahm ihr das nicht übel. Diese winzigen, gerade geborenen Lebewesen tasten sich schrittchenweise in die Welt hinein. Die Mutter, das ist es, was sie brauchen und registrieren. Mehr wollen sie nicht. Alles andere ist uninteressant: Sprechen, lesen, Ärger mit den Jungs, Disco, Antibabypille, Urlaub auf den Bahamas, Autofahren, ein Job, Lohnsteuerabrechnungen – was soll's. Für ein nicht einmal drei Monate altes Kind gibt es Dinge, die wichtiger sind. Auch ein Großvater ist zu diesem Zeitpunkt nichts anderes als ein Statist.

Ich entsann mich, gehört zu haben, dass man Babies im Kinderwagen hin- und herschieben soll, ein leichtes, beruhigendes Schaukeln gewissermaßen, und schon schreien sie nicht mehr.

Mein Enkelkind schrie schon vorher nicht – ganz der Großvater, der auch als schweigsamer Mensch bekannt ist, sofern man ihn nicht zum Reden zwingt. Aber durch das Hin- und Herschieben würde es vielleicht überhaupt nicht schreien. Also schob ich den Kinderwagen hin und zurück. Und schon fing das Kind an, entsetzlich zu schreien.

Erschreckt hielt ich inne. Was war mit meiner allerliebsten Enkelin? Weshalb schrie sie? Konnte sie das Tempo nicht vertragen? Hatte sie Hunger? Hatte sie etwa Schmerzen? Irritiert hielt ich mit der Bewegung inne, und schon war sie ruhig. Verständnislos sah ich in den Wagen hinein, und schon schrie sie wieder – ein schrilles, hemmungsloses Geschrei, sie ruckte mit den Ärmchen und ihr Gesicht rötete sich. Hatte sie etwa Fieber oder war ihr zu heiß?

Mir jedenfalls wurde langsam heiß. Hatte i c h etwa Fieber? Dieses eigenartige Wesen da im Kinderwagen, also: meine liebste Enkelin, sah nur blicklos in der Gegend umher und schrie, und schrie und schrie...

Panik glomm in mir hoch, was hatte ich falsch gemacht? Ratlos setzte ich mich auf einen Stuhl neben dem Wagen und begann nachzudenken. In diesem Moment war das Kind wieder ruhig. Hatte meine allerliebste Enkelin instinktiv Respekt vor Menschen, die nachdenken? Und war das ein gutes oder ein schlechtes Zeichen?

Ich erinnerte mich gehört zu haben, dass Schreien für Kleinkinder wichtig sei. Es ist für diese winzigen Lebewesen, die sich am Anfang noch nicht richtig artikulieren können, eine notwendige Verbindung zur Außenwelt, die einzige Möglichkeit, sich verständlich zu machen. Gegenanreden, Diskutieren, verbale Angriffe, Liebesschwüre, leere Versprechungen, Lügen aller Art – dies alles kommt ja erst später, wenn die lieben Kleinen etwas weiterentwickelt sind.

Bis dahin schreien sie ganz einfach und wollen uns damit sagen, was sie fühlen – was wollte meine kleine Enkelin mir sagen?

Ich rätselte verzweifelt. War es nur ein Stimmentraining? Ging es einfach darum, die Kapazität der Stimmbänder auszubauen?

Nun allerdings war sie ruhig. Ich blickte in den Wagen hinein, und schon fing sie wieder an zu schreien. Hatte sie etwas gegen mich? Gefiel ich ihr nicht? Empfand sie mich als Fremden? Hastig zog ich meinen Kopf zurück und fing wieder an, sie hin- und herzuschieben. Nun schrie sie noch lauter, richtig aggressiv, wütend! Was wollte dieses kleine Wesen mir sagen? Bekam sie keine Luft mehr? Geschah etwas furchtbares in diesem kleinen Körper? Waren es Angstschreie?

Ich ließ entsetzt den Kinderwagen los und sackte auf dem Stuhl zusammen. Schon war sie wieder ruhig. Ich holte tief und erleichtert Luft. Ruhe! Oder war das die Ruhe vor dem Sturm? Oder – nein! Vielleicht war die Kleine erstickt! Ich sprang auf, blickte in den Wagen und schob ihn verzweifelt hin und her – sofort fing die Kleine wieder an zu schreien. Herzzerreißend, wie mir schien. Aber immerhin: Sie lebte noch!

Verzweifelt setzte ich mich wieder hin, wischte mir den Angstschweiß von der Stirn und fing an, konzentriert nachzudenken. Das ist manchmal gar nicht so verkehrt. Ich überlegte: Wenn ich in den Wagen schaue, schreit sie, wenn ich nicht in den Wagen schaue, bleibt sie ruhig. Schiebe ich den Kinderwagen hin und her, schreit sie lauthals. Höre ich damit auf, ist sie ruhig.

Gab es da irgendwelche Zusammenhänge? Die Intelligenz, die Fähigkeit zu kombinieren, Schlüsse zu ziehen – das ist es ja, was uns Menschen in unserer jahrmillionen dauernden Entwicklung so weit gebracht hat, dass wir – naja, wir wissen ja, wie weit wir es gebracht haben. Ich jedenfalls hatte plötzlich eine Vision: Mit einem listigen Lächeln schaute ich in den Kinderwagen. Die jedenfalls zeitweilig liebste Enkelin der Welt schrie wild los. Ich zog mich zurück. Sie war ruhig. Ich fing an, den Wagen hin- und herzuschieben. Sie schrie. Ich stoppte, und gleich darauf war sie ruhig.

Nun war mir alles klar! Die Brücke von Mensch zu Mensch war geschlagen. Die Brücke vom Großvater zur Enkelin, von der Enkelin zum Großvater. Ohne Sprache. Ohne Schrift. Nur auf dem Wege archaischer Lautbildung.

Erleichtert legte ich mich auf das in der Nähe stehende Sofa. Das Kind war ruhig. Nun wurde auch ich zunehmend ruhiger – und wenig später war ich eingeschlafen.

Nach knapp zwei Stunden wurde ich durch das Geschrei, diesmal meiner Tochter, aufgeweckt. „Papa!" rief sie aufgeregt,

„was machst du denn da – das nennst du auf deine Enkelin aufpassen?"

Überlegen lächelnd setzte ich mich aufrecht hin: „Na klar", sagte ich, „jetzt weiß ich ganz genau, wie das funktioniert! Ich brauche nur nicht in den Kinderwagen zu blicken, ihn nicht zu bewegen und deine Tochter in Ruhe zu lassen – und schon ist alles klar. Deine Tochter, was meine Enkelin ist, und ich verstehen uns auf eine wundervolle Weise. Das ist es, was ich immer mit zwischenmenschlicher Harmonie meine. Wir ergänzen uns vorbildlich! Und wenn ich mal wieder babysitten soll – ich komme! Jetzt habe ich es drauf!"

Basteln mit Ann-Jana

„Opa, wollen wir basteln?", fragte Ann-Jana, die liebste Enkelin der Welt, und sah mich aus ihren fünfjährigen Augen prüfend an.

Ich zuckte zusammen, war gerade in Gedanken versunken. Alles wollte ich in diesem Augenblick lieber – die Zeitung durchsehen, im Telefonbuch blättern, Ideen für eine neue Geschichte notieren, mit der Gefährtin meines Lebens reden, staubsaugen, sinnend den vorbeiziehenden Wolken nachblicken oder ganz einfach nur vormichhindösen – aber bitte, bitte nur nicht basteln!

Hilfesuchend blickte ich mich um: Der Fluchtweg durch die Tür war durch die unerschütterlich wartende Ann-Jana versperrt. Ein Sprung aus dem Fenster schied aus, da das Zimmer im Obergeschoss lag. Und im ganzen Zimmer gab es kein einziges brauchbares Versteck.

Panik brach in mir aus. Aber dann fiel mir plötzlich ein, dass Kinder unsere Zukunft sind. Ich begann mich zu schämen. Wie leicht konnte meine abweisende Haltung in dieser blutjungen Kinderseele folgenschwere Schäden verursachen!

Ich reagierte blitzschnell. „Hallo, Jannimaus!", rief ich der liebsten Enkelin der Welt fröhlich entgegen, im vollen Bewusst-

113

sein der Verantwortung für eine hilfesu-
chende kindliche Seele. „Wie schön, dass
du mit mir basteln willst. Ich habe mich
schon die ganze Zeit gefragt, weshalb du
nicht schon früher mit diesem wundervollen Vorschlag gekommen bist. Nun müssen
wir erstmal nachdenken, was wir denn eigentlich basteln wollen. Und dann müssen
wir überlegen, wie wir das machen und was
wir alles dazu brauchen - Filzer, einen
Tuschkasten, Papier natürlich, Pinsel und
Schere...“

„Ich weiß schon, was wir machen, Opa“,
unterbrach mich die liebste Enkelin der
Welt. „Und ich habe auch schon alles mit,
was wir brauchen.“

Sie schob sich nun ins Zimmer und zeigte
mir, was sie bis dahin auf dem Rücken ver-
steckt gehalten hatte: Filzer, einen Tuschkasten, Papier, Pinsel und eine Schere.

„Du weißt, was wir basteln wollen?“, fragte ich entgeistert.

„Ja“, sagte Jannimaus selbstsicher, „wir
basteln ein Schloss“.

„Ein Schloss?“

„Ja, ein Schloss. Weißt du denn nicht,
was ein Schloss ist?“

„Doch, natürlich“, sagte ich gedehnt. Mir
war zunächst ein Türschloss eingefallen.
Dann waren es die Luftschlösser, die ich
lange Zeit gebaut hatte. Aber wenn ich ehr-
lich war, musste ich mir selbst gegenüber

zugeben, dass ich seit langem nicht mehr an ein richtiges Schloss gedacht hatte. In unserem Alter ist man mit einem kleinen Einfamilienhaus oder einer Dreizimmerwohnung zufrieden. „Aber natürlich", sagte ich positiv gestimmt, „natürlich weiß ich, was ein Schloss ist. Nun lass uns mal überlegen, wie wir das am besten anfangen ..."

„Ich sage dir schon, was du tun musst", sagte Jannimaus. „Hier, aus dieser Küchenrolle machen wir zwei Türme, wir müssen sie in der Mitte durchschneiden, und dann haben wir zwei Türme für das Schloss. Die kleben wir an beiden Seiten an das Papier." Sie nahm einen Klebestift und verklebte Papier und die beiden Türme miteinander.

Ich fand es allmählich an der Zeit, mich zur Rettung meiner Autorität in das schöpferische Geschehen einzubringen und neue Impulse zu vermitteln, um diesem Kind den Weg in eine hoffnungsvolle Zukunft zu ermöglichen. Ann-Jana unterbrach den kreativen Flug meiner Gedanken. „So", sagte sie und malte eine große Fläche in die Mitte des Schlosses. „Das ist das Tor!"

„Das Tor?", fragte ich irritiert.

„Ja, das Tor. Der König und die Königin müssen doch in das Schloss kommen können."

„Ach ja, natürlich", stimmte ich zu, denn gerade beim Basteln ist es wichtig, das

Kind aufzubauen und ihm seelischen Rückhalt zu vermitteln. Mit einem Trick versuchte ich mich blitzschnell in den kindlichen Schaffensprozess einzuschalten, bevor es mir zuvorkommen konnte: „Und über das Tor, zwischen den beiden Türmen, müssen alle Fenster hin, denn der König und die Königin müssen ja aus dem Fenster gucken können."

„Fenster?", sagte Ann-Jana gedehnt und entschied dann blitzschnell: „Wir brauchen doch bloß drei Fenster."

„Nur drei Fenster?", fragte ich verwundert.

Ann-Jana hatte inzwischen auf der linken Seite über dem Tor ein großes Viereck, rechts ein etwas kleineres Viereck und direkt über dem Tor ein ganz kleines Viereck eingezeichnet.

„Was ist denn das?", fragte ich verständnislos.

„Siehst du das denn nicht?", meinte Ann-Jana nachsichtig. „Aus dem großen Fenster guckt der König, aus dem kleineren Fenster die Königin und aus dem ganz kleinen Fenster guckt die Prinzessin."

Ich rang mühsam um Fassung und versuchte erneut die Führung zu übernehmen. „Du hast den Hintergrund vergessen!", meinte ich streng.

„Den Hintergrund?", fragte Ann-Jana nicht sonderlich interessiert.

„Ja, den Hintergrund!", sagte ich eifrig. „Weißt du denn nicht, dass jedes Schloss auch einen Hintergrund hat?"

„Na gut", entschied Ann-Jana und schob mir ein Blatt Papier zu, „den kannst du machen". Sie gab mir einen braunen Filzer und einen roten. „Du malst am besten einen Hasen auf den Hintergrund. Den kannst du dann braun anmalen."

Ich war verblüfft: „Einen Hasen?". Aber dann fing ich mich wieder: „Und was soll ich mit dem roten Filzer?"

„Der ist für die Wurzeln, Opa", belehrte mich die liebste Enkelin der Welt nachsichtig. „Weißt du denn nicht, dass Hasen Wurzeln fressen?"

„Doch, doch", bestätigte ich hastig, begann den Hasen zu malen und versuchte mich erneut federführend in den Bastelprozess einzuschalten: „Was kritzelst du denn da oben am Schloss herum?"

„Das ist die Regenrinne. Jedes Schloss hat eine Regenrinne, wo der Regen reinläuft. Und dies hier ist das Rohr, da läuft das Wasser herunter." Interessiert blickte sie zu mir herüber und teilte mir einen grünen Filzer zu: „Vergiss die Tannenbäume nicht!"

„Die Tannenbäume?"

„Ja, Tannenbäume. Zwischen den Wurzeln für den Hasen ist noch Platz für Tannenbäume!"

Leicht widerstrebend malte ich die Tannenbäume und versuchte blitzschnell erneut meine Autorität ins Spiel zu bringen. „So", sagte ich hastig, „jetzt müssen aber ganz schnell die Berge in den Hintergrund gemalt werden. Die meisten Schlösser haben Berge als Hintergrund, wusstest du das nicht? Und über die Berge kommt der Himmel mit vielen Wolken. Und die Sonne natürlich, mit vielen Strahlen..." Ich sprudelte hastig eine Idee nach der anderen hervor, um nicht unterbrochen zu werden.

Ann-Jana leitete indessen das Regenwasser durch ein Rohr in eine Tonne vor dem Schloss. Als sie fertig war, hatte ich gerade mit der Sonne angefangen. Kritisch sah sich die liebste Enkelin der Welt meinen Hintergrund an. „Bist du immer so langsam, Opa?", fragte sie mich.

„So ein Hintergrund braucht seine Zeit!", versuchte ich mich zu rechtfertigen.

„Aber du hast das gar nicht schlecht gemacht", lobte mich Ann-Jana, vermutlich, um mich seelisch wieder aufzubauen.

Dann klebten wir gemeinsam den Hintergrund auf die Rückseite des Schlosses.

Erschöpft lehnte ich mich in meinen Sessel zurück und seufzte tief.

Wie sollen wir unseren Kindern den Weg in eine glückliche Zukunft weisen, wenn sie selbst den Weg viel besser kennen?

Ein Kinderspiel

„Opa", fragte meine fast fünfjährige Enkelin. „Spielst du mit mir?"

Ich zuckte zusammen. Auf diese Frage gab es viele Antworten: Man soll nicht mit anderen Menschen spielen, sondern sie ernst nehmen. Auch ist das Leben als solches viel zu ernst, um zu spielen. Andererseits hatte ich, als ich so alt war wie meine Enkelin, gern gespielt. Aber das war, so konnte ich mich erinnern, schon einige Wochen her. Im Übrigen spielen Erwachsene, wenn sie denn spielen, andere Spiele als Kinder – ein Generationenkonflikt bahnte sich an. Auch wollte ich gerade in diesem Augenblick einige Dutzend Dinge viel lieber machen, als gerade mit der liebsten Enkelin der Welt spielen.

Sie stand aber direkt vor mir und sah mich unerbittlich erwartungsvoll an. Ich kämpfte mit mir: Deutschland, ein kinderfeindliches Land? Ich dachte an die Klagen wegen Kinderlärm, an die Jugendkriminalität, die negative Geburtenentwicklung bei uns: Ich schluckte und schämte mich. Kinder sind unsere Zukunft! Und auch dieses Kind vor mir war unsere Zukunft! Zudem war es meine liebste Enkelin der Welt! Ihr sollte meine besondere Liebe gelten! Hier stand ich in der Pflicht!. Schnöde egoistische Ausflüchte hatten da nichts zu suchen! Ich schämte mich wirklich. Wie konnte ich auch nur daran denken, ‚nein' zu sagen. Das sollte man nicht mal auf dem Standesamt. Außerdem weiß jeder, wie empfindlich gerade Kinderseelen sind. Eine abweisende Antwort, und man riskiert in so einem arglosen wonnigen Gemüt lebenslange Schäden anzurichten.

Ich gab mir einen Ruck.

„Aber Jannimaus", sagte ich infolgedessen und bemühte mich, ein begeistertes Lächeln auf mein Gesicht zu zaubern. „Natürlich spielt Opa mit dir. Das ist doch ganz selbstverständlich. Ich freue mich schon darauf!"

„Was wollen wir denn spielen, Opa?", sagte die liebste Enkelin der Welt und sah mich prüfend an.

Ich blickte prüfend zurück. War das ein ehrliches Angebot oder entdeckte ich da etwas Lauerndes in ihren kindlichen Zügen? Nein, dies war ein Zeichen seelischer Größe, erstaunlich bei so einem kleinen Kind. Jannimaus hätte einfach sagen können: „Ich will d a s spielen!". Aber nein, sie ließ mir großmütig den Vorrang. War es die Achtung vor dem Älteren? Waren es Liebe und Fairness, was sich in diesem kleinen Wesen abzeichnete?

„Ich habe da ein ganz neues Spiel", unterbrach Jannimaus den Flug meiner Gedanken. „Wir können gleich anfangen!".

Mein bevorzugtes Spiel war eigentlich 'Schwarzer Peter', ein Spiel wie das Leben, bei dem meist ich den 'Schwarzen Peter' behielt. Daran hatte ich mich gewöhnt. Ein ebenfalls lebensnahes Spiel war 'Mensch ärgere dich nicht', ein Spiel, das geistig nicht unbedingt anspruchsvoll ist, aber dennoch lebensnahe Werte an die einzelnen Spieler heranträgt.

Diese überschaubaren Spiele waren es jedoch offensichtlich nicht, an die Jannimaus mich heranzuführen gedachte. Ergeben, mit sorgenvoller Miene, setzte ich mich auf den nächsten Stuhl. In welcher Form würde das Schicksal jetzt zuschlagen?

Die liebste Enkelin der Welt hatte blitzschnell das Zimmer verlassen, kam gleich darauf wieder herein und breitete ein Nachthemd vor mir auf dem Boden aus.

Ich war überrascht und bemühte mich zu erinnern. Aber ich kannte kein Spiel, das damit anfing, dass man ein Nachthemd auf dem Boden ausbreitete. Jannimaus machte zielstrebig weiter: Sie holte ein Blatt Papier und legte es auf das Nachthemd.

Damit hatte ich nicht gerechnet – wann würde ich endlich die Spielregeln erfahren? Anscheinend war der Zeitpunkt noch nicht gekommen. Die liebste Enkelin der Welt holte jetzt zwölf Memory-Karten und legte sie mit der Bildseite nach oben auf das Blatt Papier. Nun versuchte ich mich als Autorität einzuschalten: „Reichen nicht zehn Memory-Karten, Jannimaus?", fragte ich interessiert, „dann behält man doch leichter die Übersicht!"

„Aber Opa", sagte Jannimaus nachsichtig, „weißt du denn nicht, dass man dieses Spiel mit zwölf Memory-Karten spielt?"

Ich entschuldigte mich: „Ja, weißt du, ich habe dieses Spiel lange nicht gespielt. Da kann man sowas schon mal vergessen."

„Aber Opa, das macht doch nichts", sagte Jannimaus mit einem verzeihenden Lächeln und legte nun eine Stoppuhr neben das Spielfeld, das heißt, neben das Nachthemd. Dann drehte sie flink die zwölf Memory-Karten mit der Bildseite nach unten um. Ich unterdrückte mit Mühe einen Fluch: Schon war ich reingefallen – ich hatte mir die Bilder nicht gemerkt! Klar war nun, dass mit der Stoppuhr der Zeitfaktor ins Spiel gebracht worden war. „Du musst dich nämlich beeilen, Opa", erläuterte Jannimaus das Spiel. Wobei ich mir über die Spielregeln immer noch nicht im klaren war. Unverständlich war mir, weshalb ich mich beeilen sollte, obwohl das Spiel doch anscheinend noch gar nicht angefangen hatte. „Bitte, Jannimaus", sagte ich, „sei so nett und erkläre Opa die Spielregeln. Was muss man bei diesem Spiel eigentlich machen?"

Gerade bei etwas älteren Menschen ist es ja so, dass sie Regeln brauchen, an die sie sich halten können. Wir sind es gewohnt, mit Richtlinien zu leben. Man muss uns den richtigen Weg zeigen und am besten auch gleich sagen, wohin man dann kommt. Die Straßenverkehrsordnung mit ihren zahlreichen Schildern ist der beste Beweis, dass nur so unser Leben einigermaßen geordnet verlaufen kann.

Jüngere Menschen sehen das anscheinend nicht so streng. „Aber Opa", sagte Jannimaus beschwichtigend, „in der Ruhe liegt die Kraft. Das hast du mir doch selbst beigebracht! Pass nun auf, damit du das Spiel auch verstehst."

Ich begann, mich auf das Spiel zu konzentrieren: Jannimaus betrat das Zimmer soeben mit einem riesigen Tannenzapfen in der Hand. „Gehört der etwa auch zum Spiel?", fragte ich entgeistert.

„Ja, natürlich", sagte Jannimaus gelassen. „Und nun pass' auf, jetzt geht es los!" Sie griff in den Tannenzapfen und brach einige Tannenzapfenschuppen los. „Nun musst du immer drei davon auf eine Memory-Karte legen!".

„Und wer hat gewonnen?", brach es erregt aus mir heraus. Erstmals sah ich eine

Chance, den Spielregeln auf die Spur zu kommen.

„Aber das ist doch ganz klar, Opa", sagte sie, brach eine Tannenzapfenschuppe nach der anderen ab und legte sie zu den anderen auf die Memory-Karten. „Wer zuerst fertig ist, hat gewonnen!"

Ich wurde blass. Hier ging es um mehr als um den einfachen Sieg. Hier stand die Autorität des Älteren auf dem Spiel. Zwar gehört den Kindern die Zukunft, klar, aber den Weg dorthin, den müssen wir Älteren ihnen zeigen. Und wir müssen eindeutig klarstellen, dass w i r es sind, die auf diesem Weg, schon aufgrund unserer Reife und unserer langjährigen Erfahrungen, die Führungsrolle zu übernehmen haben.

Hastig riss ich der liebsten Enkelin der Welt den Tannenzapfen aus der Hand. Drei Karten waren noch frei! Während Jannimaus ein wildes Protestgeschrei erhob und heftig an meinem Arm zerrte, rupfte ich den Tannenzapfen und legte eine Tannenzapfenschuppe nach der anderen auf das Spielfeld – elfte Karte, zwölfte Karte. Jetzt lagen auf jeder Memory-Karte je drei Tannenzapfenschuppen. „Fertig!", schrie ich siegestrunken. „Fertig! Opa hat gewonnen! Aber mach dir nichts draus – so ist das Leben. Das hast du noch vor dir. Immerhin bist du zweite geworden! Herzlichen Glückwunsch!"

Es ist wichtig, dass auch kleine Kinder rechtzeitig im Leben lernen, Niederlagen einzustecken. Aber natürlich sollte man sie, um schwere seelische Spätschäden zu verhindern, auf eine herzliche Weise trösten.

Jannimaus war auffallend still geworden. „Du irrst, Opa", sagte sie dann. „Du hast gar nicht gewonnen. Du hast nicht auf die Uhr geguckt – das Spiel war nämlich schon längst zu Ende!"

Wozu sollen wir unsere Kinder eigentlich an die Hand nehmen, um sie in die Zukunft zu führen, die ihnen gehört? Sie wissen ja doch alles besser.

Nils, das Wunderkind

Selbst diejenigen, die mich gut kennen, haben d a s nicht geahnt: Ich bin im Grunde genommen ein Wunderkind!

Es begann schon, als ich klein war. Ich fühlte es, ich spürte es, da rührte sich etwas in mir – ich war dazu geschaffen, etwas Großes zu leisten, etwas, was mich weit über meine Mitmenschen hinaushob.

Ich selbst konnte gar nichts dafür. Es waren wohl einfach die Gene. In mir steckte etwas, was die Mitwelt in fassungsloses Erstaunen versetzen und mich ihre Bewunderung spüren lassen würde. Ich ahnte, dass ich kurz davor stand, mich auf den Flügeln der Genialität aus den Massen der Durchschnittsmenschen um mich herum herauszuheben, über allen zu schweben, geachtet, geschätzt, anerkannt, nein, mehr als das: bewundert und gefeiert zu werden.

Jetzt ging es nur noch darum herauszufinden, auf welchem Gebiet ich mich hervortun und über allen schweben würde! Was nahe lag, war der Sport: sportliche Fähigkeiten werden schon im Kindergarten aufmerksam beobachtet, in der Schule werden sie aufgespürt, hier sind die Chancen am größten, entdeckt und gefördert zu werden. Jetzt ging es nur noch um die Disziplin, in der ich am meisten würde leisten können.

Boxen gefiel mir sehr, schied aber aus dem Grunde aus, dass ich am Kopf zu empfindlich war. Und bei dieser Sportart musste man, das war mir aufgefallen, damit rechnen, dass der Gegner zurückschlägt. Auch Stabhochsprung kam nicht in Frage. Bei Höhen über zwei Meter wird mir immer schwindelig.

Eigentlich bot sich das Laufen an. Allerdings reichten bei kurzen Strecken meine Sprinterqualitäten nicht aus, während mir bei längeren Strecken, so ab hundert Meter aufwärts, sehr schnell schwarz vor Augen wurde. Auch der normale Hochsprung war nichts für mich: Schon beim Anlauf bekam ich angesichts der Latte, die ich überspringen musste, Depressionen, und das ist keine gute Voraussetzung für sportliche Höchstleistungen.

Weitsprung kam aus dem Grunde nicht in Frage, weil ich mich vor der Landung fürchtete. Und jeder, der etwas von Weitsprung versteht, weiß, dass dabei das Landen unvermeidlich ist. Kugelstoßen und Speerwerfen schieden auch aus, da ich jedes Mal panische Angst hatte, einen Unbeteiligten auf dem Sportplatzgelände zu treffen, und Ängste dieser Art stellen verständlicherweise eine schwerwiegende Beeinträchtigung der sportlichen Leistungsfähigkeit dar. Ich bin nun einmal ein sehr sensibler Mensch. Schwimmen schied insofern aus, als mir größere Wassermassen, beispielsweise auch in der Ost- oder der Nordsee, immer unheimlich sind. Und jeder Fachmann weiß: Ohne Wasser kein Schwimmen!

Nun musste ich mich nicht unbedingt als Sportler hervortun. Auch von Beethoven ist nicht bekannt, dass er als Sportler Außergewöhnliches leistete. Schreiben schied insofern von vornherein aus, als sich inzwischen jeder dritte Deutsche schriftstellerisch betätigt. Sich da hervorzutun und entdeckt zu werden, ist wesentlich schwieriger als etwa beim Dreisprung, wo man die Weite des Sprunges ganz konkret in Form von Metern und Zentimetern feststellen kann. Verleger, das hatte ich gehört, haben angesichts der Autorenmassen aus reinem Selbsterhaltungstrieb ein tief gestaffeltes Abwehrsystem gegen eingereichte Manuskripte entwickelt – hier sah ich für die nächsten Jahrzehnte keinerlei Chance.

Auch die Mathematik konnte ich, was mich betraf, vergessen. Zwar konnte ich komplizierte Telefonnummern mit über fünfzehn Ziffern mühelos auswendig lernen. In allen anderen Gebieten aber, einschließlich Geometrie und Algebra, hatte ich bei meinen Lehrern immer nur fassungsloses Kopfschütteln bewirken können.

Ganz anders sah es jedoch mit der Malerei aus. Ein Onkel von mir hatte sich da einen beachtlichen Ruf erworben, und ich brauchte nur noch in seine Fußstapfen zu treten. Farben verschiedenster Art, Pinsel, Papier, Pappen und Leinwand lagen schnell bereit. Es ging eigentlich nur noch darum anzufangen. Ein Schnelltest an einer Verkehrsampel bestätigte mir, dass ich Rot und Grün unterscheiden konnte. Auch das Prinzip der Mischfarben hatte ich ungewöhnlich schnell begriffen – ein winziger Schritt nur noch trennte mich vom schnellen Ruhm.

Das Problem war: Sollte ich in Aquarell, Öl, Pastell, Kreide oder Acryl malen? Erschwert wurde der Start noch dadurch, dass ich mich nicht entscheiden konnte, in welcher Stilart ich malen sollte: Lag mir die Barock- oder die Renaissance-Malerei mehr? Bot mir der Jugendstil oder gar die abstrakte Malerei die größeren Chancen? Oder war es besser, einen eigenen Stil zu entwickeln? Und wenn ja, wie fängt man das an?

Die Entscheidung fiel mir schwer.

Aber da gab es ja zum Glück noch die Musik. Viele vor mir hatten schon diesen Weg zu Ruhm und Ehre beschritten. Sie würde den Weg öffnen, um die verschwenderisch in mir angelegten Gaben vor einer faszinierten Umwelt auszubreiten und virtuose Tonkaskaden in einer bezaubernden Klangfülle darzubieten. Natürlich brauchte ich dazu ein Instrument. Es musste ja nicht gleich eine Orgel sein. Aber ein Flügel vielleicht, ein Klavier zumindest – oder wenigsten ein Keyboard. Das einzige Problem war, dass wir selbst für ein Klavier weder den Platz, noch das nötige Geld hatten. Auch drohten Schwierigkeiten mit unseren Nachbarn, sowie den Mietern unter und über uns. Natürlich würde eine Geige es auch tun – nur hatte ich zu diesem Instrument rein gefühlsmäßig keine positive Einstellung. Eine Geige lag mir nicht.

Aber wie wäre es mit einem Akkordeon? Sowohl vom Platz wie auch vom Preis her lag dieses Instrument eher im Bereich unserer Möglichkeiten. Aber konnte ich mich mit einem Akkordeon als Wunderkind hervortun? Hatte Mozart je Akkordeon gespielt?

Nein! Nein! Und abermals nein! Aber Klarinette war ein wundervolles Instrument. Mit einem beachtlichen Tonumfang. Allerdings waren da übermäßig viele Klappen und Hebel zu betätigen. Würden meine etwas steifen Fingergelenke es schaffen, würden sie die in mir wogenden musikalischen Visionen nach außen transportieren können? Oder würde mein musikalisches Genie an ganz banalen Widrigkeiten wie steifen Fingern scheitern?

Doch dann kam mir die rettende Idee: Trompete – ja, das war es! Bei der Trompete standen mir alle musikalischen Möglichkeiten offen. Da gab es nur drei Ventile, die mir – wunschgemäß mit den Naturtönen kombiniert -. die faszinierende Welt der Töne eröffnen würden. Jawohl, dieses Instrument konnte mich endlich in die Lage versetzen, meine eigenen musikalischen Visionen einer staunenden, begeisterten und schließlich hingerissenen Mitwelt zu präsentieren. Beglückt schloss ich die Augen, und ein genialisches Lächeln verschönte meine Gesichtszüge ...

„Nils!", rief da die langjährige Gefährtin meines Lebens, „bist du fertig. Wir wollten heute doch mal sehen, ob in der Seniorenanlage 'Lebensabend' geeignete Räumlichkeiten angeboten werden! Beeil dich!"

Schade – Frauen können ja so grausam sein!

Eine Idee durchläuft drei Stadien:
Im ersten ist sie lächerlich,
im zweiten undurchführbar, und
im dritten hat sie jeder schon gehabt.

Wir haben alle denselben Himmel,
aber nicht denselben Horizont.

6. Kapitel

Eigenartige Berufe

Fantasie ist wichtiger als Wissen,
denn Wissen ist begrenzt.
(Albert Einstein)

Um klar zu sehen,
genügt oft schon
ein Wechsel
der Blickrichtung.
(Antoine de Saint-Exupéry)

Der Grashalmabknipser

Wir leben in einer Welt der Superlative. Um als Pianist ins Guinness-Buch der Rekorde zu kommen, muss man ein Klavier in mindestens zwei Minuten und fünfzig Sekunden in sämtliche Einzelteile zerlegt haben. Und mit einem Marathonschwimmen für Jugendliche erregt man höchstens noch Aufsehen, wenn der jüngste Teilnehmer dreiundneunzig Jahre alt ist und die Arme am Leib festgeschnallt hat, ohne beim Schwimmen die Beine zu bewegen.

Einer dieser Rekordhalter lebt, von der Öffentlichkeit weitgehend unbeachtet, mitten unter uns: Der 47-jährige Reginald Knipps gilt als der schnellste Grashalmabknipser der Welt, und es gelang mir jetzt, ihn in ein äußerst aufschlussreiches Gespräch zu verwickeln.

„Reginald", fragte ich ihn, „Sie gelten als der schnellste Grashalmabknipser der Welt. Worin genau besteht eigentlich Ihre Tätigkeit?"

„Ich knipse Grashalme ab!"

„Befriedigt Sie das?"

„Aber selbstverständlich. Ich habe schon als kleiner Junge Grashalme abgeknipst. Es macht ganz einfach Spaß. Ich knipse heute sogar in meiner Freizeit Grashalme ab. Ein Urlaub ohne Grashalmabknipsen ist für mich kein Urlaub, und oft genug träume ich sogar vom Grashalmabknipsen".

„Was begeistert Sie so am Grashalmabknipsen?"

„Das Knipsen als solches. Der Vorgang fasziniert mich. Es ist, wie wenn ein Tiger seine Beute packt – ein blitzschneller Griff, ein kurzer Knips, und schon ist der Grashalm ab."

"Geht das nicht alles viel schneller mit dem Rasenmäher?"

„Bei dieser Frage runzelte Reginald Knipps leicht unwillig seine Stirn. „Natürlich geht es mit dem Rasenmäher schneller. Aber schauen Sie sich den Unterschied zwischen einem maschinengemähten und einem handgeknipsten Rasen an! Das ist ein Unterschied wie zwischen einem Topflappen und einem kostbaren Perserteppich."

„Sind Sie organisiert?"

„Wir sind im Zentralverband Deutscher Grashalmabknipser e.V. zusammengeschlossen, und es sind Bestrebungen im Gange, uns europaweit zu organisieren."

„Kann nicht im Grunde genommen jeder Mensch Grashalme abknipsen?"

„Natürlich kann das jeder. Es fragt sich nur w i e . Uns Fachleute blutet jedesmal das Herz, wenn wir sehen, wie stümperhaft die Laien arbeiten. Von jenen Ignoranten ganz zu schweigen, die Grashalme regelrecht abreißen! Aber unsereiner ist ja schon empört, wenn wir sehen, wie da jemand beispielsweise das Gras mit Daumen und Zeigefinger knipst. Man stelle sich das vor – mit Daumen und Zeigefinger!"

Ich schüttelte entsetzt den Kopf: „Kann man das Grashalmabknipsen eigentlich erlernen?"

„Selbstverständlich. Man kann es lernen, wie man das Schwimmen, Schreiben, Rechnen oder Klavierspielen bis zu einem gewissen Grade erlernen kann. Höchstleistungen allerdings bleiben nur wenigen vorbehalten ..."

„... wozu Sie gehören! Wieviel Halme knipsen Sie denn so am Tag?"

„Wir pflegen in h/s zu rechen, in Halmen pro Sekunde. Ein professioneller Durchschnitts-Grashalmabknipser schafft drei h/s. Um sich für die Weltmeisterschaft zu qualifizieren, muss man schon mindestens fünf h/s schaffen. Im Kampf gegen meinen schärfsten Rivalen, den 39-jährigen Kwane Suma aus Uganda, knipste ich sechs Halme in der Sekunde. Der von mir aufgestellte Weltrekord liegt zur Zeit bei sieben Halmen. Kwane scheiterte sowohl an der nicht ausreichenden Hornstruktur seines Daumen- und Mittelfingernagels, als auch an einem etwas zu flach angesetzten Winkel der rechten Fußsohle zum Boden, was sich behindernd auf seine Beingeschwindigkeit auswirkte. Ein harmonisch fließender Bewegungsablauf von den Fingern über Arme und Rumpf bis hin zu den Füßen ist die Voraussetzung für eine optimale Grashalmabknipstechnik. Doch sind nicht nur die h/s ausschlaggebend, sondern auch die Gleichmäßigkeit der Knipshöhe und die Sauberkeit der Knipsfläche am Halm."

„Keiner knipst so schnell und so gut wie Sie, Reginald. Sind Sie noch nie auf die Idee gekommen, etwas Anderes zu knipsen? Beispielsweise Rosen, Roggenhalme, Löwenzahn oder Fahrkarten?"

„In dem Fall wäre ich nicht Grashalmabknipser, sondern Löwenzahnabknipser oder Fahrkartenkontrolleur. Das reizt mich einfach nicht."

„Was ist Ihr größtes Problem?"

„Da ist der Grashalmabknipsernachwuchs. Die meisten sind zu faul und nehmen die Maschine, wenn überhaupt. Ein weiteres Problem sind auch zu kleine Rasenflächen. Wenn ich Grashalme abknipse, dann sieht es aus, wie wenn ich in gebeugter, lockerer Haltung einen Strich über eine Grasfläche ziehe, ich „rase" sozusagen, wie wir Fachleute es nennen. Kleine Rasenflächen sind da äußerst hinderlich."

„Kann man vom Grashalmabknipsen leben?"

„Aber natürlich! Unser Beruf hat in letzter Zeit einen aufsehenerregenden Aufschwung erlebt. Zu meinen Kunden gehören prominente Schauspieler, hochrangige Wirtschaftskapitäne und Manager sowie Spitzenpolitiker aller Parteien. Einer unserer führenden Fußballvereine lässt nur noch auf handgeknipstem Rasen spielen, bei Neueinkäufen von Spielern wird das immer öfter zur Bedingung gemacht. Und eine ganz bekannte Sängerin sagte mir erst kürzlich: 'Ich verstehe nicht, wieso es noch Menschen gibt, die sich auf maschinengemähten Rasen legen'. Mittlerweile gibt es sogar Kühe, die nur noch handgeknipstes Gras fressen."

„Reginald, ich danke Ihnen für dieses Gespräch!"

Anhänger-Verleih

Als ich kürzlich durch eine der verkehrsreichen Straßen Hamburgs fuhr, sah ich plötzlich rechts am Straßenrand vor einem Grundstück ein riesiges Schild stehen mit der Aufschrift „Anhänger-Verleih". Dann sah ich noch eine Telefonnummer, und mehr konnte ich im Vorbeifahren nicht erkennen. Ich war fasziniert und hätte am liebsten gebremst, um der Sache auf den Grund zu gehen. Aber in Hamburg bremst man nicht ungestraft. Hamburg ist eine wachsende Stadt, und das seit über tausend Jahren. Da kann man nicht einfach so bremsen.

Aber mein Interesse war geweckt: Anhänger-Verleih – was für eine Idee! Weshalb war i c h nicht darauf gekommen? Unser modernes Leben besteht doch daraus, dass Bedarfe (ja: BEDARFE!) geweckt und anschließend gedeckt werden. Bedürfnisse werden seitens der Wirtschaft über mancherlei psychologische Tricks manipuliert und anschließend arbeitet man gewinnträchtig daran, diese Bedürfnisse zu befriedigen.

Aber Anhänger – da braucht kein Bedarf geweckt zu werden. Anhänger braucht jeder! Was wären wir ohne Anhänger! Das geht schon los mit den Politikern. Und dann mit den Vereinen. Wie wollen die ihre Spitzenleute bezahlen, wenn nicht zehntausende Anhänger dahinterstehen. Und dann die Künstler – ob ein Konzertpianist, eine Sopranistin, eine Schlagersängerin oder eine Pop-Band aus Australien, von Boxern, Fußballspielern und Tennisspielern ganz zu schweigen: Erfolg brauchen sie alle. Wovon sollen sonst die Manager leben? Aber ohne Resonanz gibt es keinen Erfolg, und Anhänger stehen für Resonanz!

Soetwas kann man nun also leihen! „Anhänger-Verleih" – die Geschäftsidee des

Jahrzehnts, wenn nicht gar des Jahrhunderts! Ich hatte mir die Telefonnummer gemerkt und rief an, um mehr über diese wundervolle Idee zu erfahren. Es meldete sich ein „Frank Leihmann, Anhänger-Verleih".

„Gratuliere!", rief ich voller Bewunderung in den Hörer. „Ich bin ein Anhänger Ihrer Idee! Wie sind Sie darauf gekommen?"

„Hmm", sagte Frank Leihmann mit ruhiger, sicherer Stimme, „nehmen wir zum Beispiel mal einen Schriftsteller. Es nützt überhaupt nichts, dass er gut ist. Die Masse macht erst den Erfolg. Da ist in seiner Lesung Platz für fünfzig Leute. Es kommen aber nur sieben. Eine Katastrophe. Da hilft dann ein Anruf beim Anhänger-Verleih: 'Wir brauchen sofort vierzig Leute beiderlei Geschlechts, mittelalt, gebildet wirkend – sofort!' und diese Leute kommen. Innerhalb von Minuten ist der Saal gefüllt, begeisterter Beifall (der ist im Anhängerpreis enthalten), und schon kann man in der Öffentlichkeitsarbeit darauf hinweisen: Die Lesung war ein voller Erfolg. Oder in der Politik: Der Kandidat stellt sich vor, ereifert sich, versucht zu überzeugen, Argumente wirken zu lassen – aber für wen denn? Es sind nur neun Leute da, der Vorstand, sowie Familie und der engere Freundeskreis. Was tun? Ein Anruf beim Anhänger-Verleih – wenig später stürmen einige Dutzend aufgeweckte junge Leute, aber auch ein paar Ältere, Bedächtige herbei, kämpfen um die Plätze, die ersten intelligenten Fragen werden gestellt, rauschender Beifall für jede gekonnte Bemerkung des Kandidaten, 'Standig Ovations' anschließend – meine Güte, ist der gut! Ganz klar, dieser Mann wird gewählt. Und ein Jahr später kann er schon ganz anders auftreten. 'Ich brauche', erklärt er uns, 'für die nächsten vier Wochen rund tausend Anhänger, verteilt auf sieben Veranstaltungen, die sich überzeugend für mich einsetzen. Sympathische Menschen beiderlei Geschlechts, Farbige können dabei sein, aber nicht so viele. Alter zwischen achtzehn und neunundsechzig. Wir machen das im Einzelnen noch schriftlich fest. Die Rechnung schicken Sie dann bitte, inkl. Mehrwertsteuer, an mich.' Klar, dass der Politiker einen erheblichen Teil der Kosten von seiner Partei erstattet bekommt. Den Rest kann er von der Steuer absetzen.“

Ich bedankte mich herzlich bei Frank Leihmann und begann, diese Idee weiterzuentwickeln. Nehmen wir nur den Cellisten Pablo Kollo. Nie hätte dieser außergewöhnlich begabte junge Mann auch nur den Hauch einer Chance . Wie kann er berühmt werden, wenn die Leute ihn gar nicht kennen? Wie können sie ihn kennen, wenn sie nicht in seine Konzerte gehen? Die Älteren stehen auf „Glücksspirale“ im Fernsehen und die Jüngeren auf E-Gitarre. Außerdem läuft im Fernsehen gerade eine Wiederholung von „Deutschland sucht den Superstar". Und die Jüngsten spielen Nintendo.

Ein Anhänger-Verleih schafft mühelos sechzig Musikbegeisterte in den kleinen Musiksaal, die setzen sich zwischen Freunde und Familienangehörige des jungen Talents, wissen sich vor Bewunderung kaum zu fassen, stehen applaudierend auf und spenden rasenden Beifall, bis der begnadete Künstler bescheiden lächelnd die Bühne verlassen hat. So etwas erregt Aufsehen!

Oder nehmen wir nur eine Werbeveranstaltung zum Vorteil alter Menschen von fünfzig Jahren oder noch viel älter. Neulich las ich, dass es für einige Menschen dieser Altersklasse demnächst wieder Arbeit geben soll. Aber bis es eines Jahres so weit ist, müssen auch diese Menschen einigermaßen klarkommen. In der Werbeveranstaltung soll darauf hingewiesen werden, dass es für betagte Menschen Angebote für Gedächtnistraining, Faltenplanierung und Selbstverteidigung im Alter gibt. Dazu Kurse wie „Alt, aber glücklich", „Liebe im Alter – aber wo?", sowie Rhönradfahren zur Stärkung der Rückenmuskulatur und „PC-Kurse am Abend, erquickend und labend". Ein wundervolles Anliegen! Aber was nützt das alles, wenn die Alten den Weg zu dieser

Veranstaltung nicht mehr schaffen, weil sie zu gebrechlich sind?

Auch hier hilft der Anhänger-Verleih in einer konzertierten Aktion: zwei oder drei Busladungen werden aus den nahen Senioren-Residenzen herangefahren. Eine erfolgreiche Mischung aus geliehenen Töchtern und Söhnen sowie Enkelinnen und Enkeln oder Menschen, die das sein könnten, verhilft dieser Veranstaltung zu ungewöhnlichem Aufsehen. Es macht die Medien aufmerksam, und jeder der älteren Teilnehmer ist innerhalb seines Lebensumfeldes Multiplikator für weitere derartige Veranstaltungsangebote.

In Erweiterung des konventionellen Programms kann man den Anhänger-Verleih auch für eine aufsehenerregende Neuerung nutzen: Ab sofort werden Anhänger für Demonstrationen verliehen, bei denen es ja auch darum geht, mittels vieler Menschen bestimmte Ziele zu erreichen. Das ist eine großartige Sache: Wenn jemand zur Verwirklichung seiner Absichten nicht genügend Demonstranten auf die Straße bringt, dann mietet er sich einfach welche beim Anhänger-Verleih. Der Tagessatz liegt zwischen hundert und hundertfünfzig Euro. Dafür kann dann jeder seine Demonstranten selbst aussuchen. Alle Jahrgänge, zwischen 15- und 90-Jährigen, sind im Angebot. Die Menschen liegen, je nach den wirtschaftlichen Möglichkeiten des Veranstalters, zwischen zwanzig und zur Zeit rund tausend Demonstranten.

Dieses Angebot ist interessant für Verbände und Interessengruppen aller Art, für Parteien, Aktionen für Steuererhöhungen und gegen die Weltwirtschaftskrise, gegen Bebauungspläne, Straßenbauvorhaben oder Gewerbeansiedlungen. Und das Gute daran ist: Immer kann der Kunde wählen – wir leben ja in einer Demokratie – zwischen jahrgangsmäßig gemischten Demonstranten beiderlei Geschlechts, zwischen Arbeitslosen, Schülern, Studenten, sowie Immigranten, aber auch zwischen verantwortungsbewussten Bürgerinnen und Bürgern älterer Jahrgänge, die möglicherweise nicht mehr fest auf den Füßen stehen und gefahren werden müssen.

Sie alle brauchen sich nur – gegen entsprechendes Honorar – zu verpflichten, Transparente zu tragen, vorher abgesprochene Sprechchöre zu inszenieren, notfalls „Buh!" zu rufen, zu johlen und Trillerpfeifen zu bedienen.

Nun gibt es sicherlich Leute, die diese Entwicklung für verhängnisvoll halten. Ich bin da ganz anderer Meinung: Dies ist im Gegenteil ein Beitrag zur Bekämpfung der Arbeitslosigkeit und zur Durchsetzung demokratischer Willensbildung, aber auch zur Ankurbelung der Wirtschaft, denn durch die zusätzlichen Einnahmen der ausgeliehenen Anhänger wird die Kaufkraft unseres Landes gestärkt. Und außerdem wird ein wesentlicher Trend unserer Zeit unterstrichen: Für Geld kann man eben – fast – alles kaufen!

Der Nichtmacher

Unser Leben besteht darin, dass wir ständig etwas tun. Wir essen, trinken, arbeiten und schlafen. Wir geben Geld aus, machen Urlaub, streiten uns mit unseren Mitmenschen, telefonieren, mailen oder sehen fern. Selbst, wenn wir nichts tun, tun wir etwas: Wir ruhen uns aus, wir entspannen oder wir langweilen uns. Wir machen uns Sorgen oder machen uns keine Sorgen – irgendetwas machen wir immer.

Nehmen wir nur unseren Alltag: Die Einen sägen an Stühlen, die Anderen treten in Fettnäpfchen, die Einen machen Pläne, die Anderen die Arbeit, die Einen machen Geld, die Anderen Schulden, die Einen Karriere, die Anderen sind neidisch. Sicherlich ist es kein Zufall, dass „machen" in unserem Sprachschatz eine besondere Bedeutung zukommt. Man macht Feuer an und Licht aus. Man macht den Staubsauger kaputt und den Fernseher an. Man macht einen Termin klar, die Tür auf oder zu und einen Untergebenen herunter, Hauptsache, es wird etwas gemacht – und sei es ein guter Eindruck!

Nun ist jedoch – entgegen dem Trend unserer Zeit und von der Öffentlichkeit weitgehend unbemerkt – in aller Stille ein neuer Beruf entstanden: Gab es bisher bei uns vorrangig die „Macher", so gewinnen immer mehr die „Nichtmacher" an Bedeutung. Nach langwierigen Bemühungen gelang es mir jetzt, Jeremias Lasdas (41), von den Fachleuten als zur Zeit bedeutendster Nichtmacher der westlichen Welt geschätzt, zu einem Interview zu bewegen. Ich stellte ihn in seiner bescheidenen 24-Zimmer-Villa in der südlichen Schweiz.

„Jeremias Lasdas", sagte ich, „wir alle wissen, was Macher sind. Liedermacher machen Lieder, Festmacher machen fest, Krachmacher machen Krach, Regenmacher machen Regen, Weismacher machen weis, Geschäftemacher machen Geschäfte – was macht ein Nichtmacher?"

„Nichts!"

„Wie bitte – Sie sagen: 'nichts'?"

„Genau das!"

„Kann man denn davon leben?"

Jeremias winkte nur mit einer müden Handbewegung zu dem funkelnden See zu unseren Füßen, zu der von gewaltigen Bergen umgebenen Parklandschaft um seine Villa herum, er zeigte auf seine reizende Frau, auf drei unbeschwert am Swimmingpool herumtollende Kinder und eine Garagenanlage im Hintergrund: „Ich bin zufrieden!", sagte er.

„Sie machen also", führte ich das Gespräch weiter, „nichts. Können Sie uns vielleicht erklären, wie man das macht?"

„Nichts einfacher als das. Machen ist gut, nichtmachen ist besser – das ist das Motto von uns Nichtmachern. Beginnen wir mit einem einfachen Beispiel: Da ist ein Mensch, der sich ärgert, ganz gleich aus welchem Anlass. Natürlich ist es für ihn viel besser, wenn er sich nicht ärgert – und hier sind wir bereits bei den Anfängen des professionellen Nichtmachens."

„Davon kann man reich werden?"

„Unter bestimmten Umständen ja. Denn tatsächlich gibt es viele sehr reiche Leute auf der Welt, die es sich gern etwas kosten lassen, wenn sie sich nicht ärgern müssen. So erhielt kürzlich in den USA ein Bauunternehmen den Auftrag, direkt an der Küste in Florida für knapp hundert Millionen Dollar ein Wolkenkratzerhotel zu errichten. Ein Multimillionär, dem dadurch die Aussicht aufs Meer verbaut worden wäre, ärgerte sich darüber so sehr, dass er zwanzig Millionen Dollar zusätzlich bot, damit dieses Hotel n i c h t gebaut wurde. Oder nehmen wir den Fußball: Bestimmte Spieler werden hoch dafür bezahlt, dass sie Tore schießen. Andererseits wird eine andere Gruppe von Spielern nicht minder hoch bezahlt, damit keine Tore geschossen werden. Kurz und gut, es wird immer wieder angestrebt, dass gewisse Dinge nicht gemacht werden – und davon leben wir Nichtmacher."

„Wie wird man denn Nichtmacher? Wie begannen Sie Ihre steile Karriere?"

„Als Landwirt, der schwer schuften musste und sich dennoch von den Produkten seines Hofes kaum ernähren konnte. Bis ich eines Tages feststellte, dass es nicht lohnte, Äcker zu bestellen, Milch unter Preis zu verkaufen, Obst zu ernten und Vieh zu züchten. Wie Schuppen fiel es mir von den Augen, wie sinnlos das Leben für mich und meine Familie war. Von da ab verkaufte ich zunächst keine Milch mehr. Dafür zahlte man mir staatliche Prämien. Mein Vermögen begann zu wachsen, als ich die Kühe abschaffte und kein Fleisch mehr verkaufen musste. Weiter aufwärts ging es, als man dafür zahlte, dass ich kein Obst, kein Gemüse und kein Getreide mehr erntete. Als ich dann schließlich gar nichts mehr absetzte, war ich bereits durchs Nichtmachen ein gemachter Mann geworden. Ich kassierte noch eine Abschlussprämie dafür, dass ich mich nicht mehr Landwirt nannte und stieg anschließend in die Werftbranche ein. Hier strich ich fleißig Gelder dafür ein, dass ich keine Schiffe baute und war bald Millionär. Danach begann ich mich in anderen Branchen umzusehen …"

„Ist denn die Konkurrenz nicht auf diesen Dreh gekommen?"

„Nachahmer gibt es natürlich immer, aber so wie meine Mitarbeiter und ich macht niemand nichts. Man muss eben flexibel sein. Dass es überall Leute gibt, die dafür zahlen, dass etwas gemacht wird, ist seit langem bekannt. Aber ebenso gibt es Leute, die gutes Geld dafür zahlen, dass etwas nicht gemacht wird – gleich, ob es sich um Wolkenkratzer, Autobahnen, Brücken oder Fabriken handelt, um Atomkraftwerke, Grünanlagen, Flugzeuge, Kriegsschiffe oder um Raketen – man muss nur die richtigen Leute kennen."

„Als professioneller Nichtmacher sind Sie sicher auch gegen das Musizieren und selbst gegen das Hören von Musik. Welche Melodie gefällt Ihnen von allen Liedern am wenigsten?"

„Komm lieber Mai und mache!"

„Was werden Sie eines Tages machen, wenn Sie das Nichtmachen nicht mehr machen?"

„Nichts – aber dann selbstverständlich nur noch als Hobby."

„Jeremias Lasdas, wir danken Ihnen für dieses Gespräch!"

Das beliebteste Haustier
der Deutschen
ist und bleibt
das halbe Hähnchen.

(Lutz Hager Amherst)

7. Kapitel

Pericks Tierleben

Ich liebe Pferde –
vor allem von weitem
und wenn ein Elektro-
zaun dazwischen ist.

(Nils Perick)

Das Traurige am Angeln ist, dass es für
die Fische meist tödlich endet.

(Nils Perick)

Fliegen auf dem Lande

In der Großstadt trifft man heutzutage kaum noch Fliegen. Das liegt daran, dass die Lebensbedingungen für Fliegen dort nicht optimal sind. Unsere Großstädte verfügen über ein weitgehend fliegenfeindliches Klima. Im Gegensatz zu den Menschen zieht daher keine vernünftige Fliege freiwillig in die Stadt. Die Folge: Überall, wo man hinkommt, trifft man kaum noch Fliegen, sondern nur noch Menschen. Denn die haben noch nicht begriffen, dass Großstädte nicht nur fliegen-, sondern auch menschenfeindlich sein können. Wie bei den Hühnern, sollte man vielleicht einmal die Massenhaltung von Menschen diskutieren.

Wir Großstädter aber sind zufrieden, dass die Fliegen bei uns praktisch ausgerottet sind. Restbestände werden mit für die Fliegen meist tödlichem Ausgang bekämpft. Ohne jeden Neid vermuten wir die Fliegen zu Millionen auf dem Lande, wo sie sich weitgehend ungestört vermehren können. Glücklicherweise gibt es von den weltweit 50.000 (!) Fliegenarten nur ganz wenige bei uns, aber einen hygienebewussten Deutschen treiben natürlich auch schon 50.000 Fliegen e i n e r Art an den Rand des Wahnsinns.

Nun ist es auf dem Lande nicht so, dass Mensch und Tier den Fliegen hilflos ausgeliefert sind. Sicherlich: Wo es Pferde, Kühe, Schweine, Kaninchen und Hühner gibt, schwirren auch tausende von Fliegen herum. Aber das sind sogenannte „Außenfliegen", auch „Freifliegen" genannt. Drinnen, im Wohnbereich, trifft man Fliegen nur noch vereinzelt. Es sind die „Hausfliegen", die sogenannten „Stubenfliegen", Fliegen für die gute Stube. Jeder Landbewohner, der etwas auf sich hält, hat – je nach Größe des Anwesens – zwei bis zu sieben dieser munteren, zierlichen Tierchen bei sich.

Als ich kürzlich wieder auf dem Lande bei meiner Familie war, traf ich als erstes gleich auf eine der Fliegen des Hauses. Sie saß auf der Treppe, die nach oben führt, auf dem Geländer neben der fünften Stufe von unten und starrte mich scheinbar gleichmütig an. Es war eine kleine Fliege – vielleicht eine Zwergfliege? Vielleicht aber war es auch nur eine Jungfliege. Sie war neu. Ich kannte sie noch nicht.

Ich stieg mit meinem Gepäck die Treppe hinauf, und plötzlich war sie verschwunden. Als ich mein Zimmer betrat, saß sie bereits auf meinem Schreibtisch, wartete auf mich und blickte mir erwartungsvoll entgegen. Offenbar mochte sie mich auf Anhieb: ein schönes Gefühl für mich! Wer mag nicht gern gemocht werden? Jeder von uns braucht jemanden, der ihn mag!

In diesem Augenblick sah ich eine zweite Fliege. Sie saß auf der Schreibtischlampe, sah mich ebenfalls erwartungsvoll an und sah genauso aus wie die erste Fliege – offenbar handelte es sich um Zwillinge. Wir hatten Glück gehabt: Es waren zwei wirklich liebe, zierlich, muntere Tierchen. Aber dann die große Überraschung: Als ich das Zimmer verlassen wollte, saß auf dem Türgriff der offenstehenden Tür eine dritte Fliege. Sie sah genauso aus wie die beiden anderen. Ganz offensichtlich handelte es sich um Drillinge. Nie zuvor in meinem Leben hatte ich gewusst, dass Fliegen Drillinge haben können.

Wohin ich nun auch ging – die Fliegen folgten mir, und bald wurde mir klar, dass sich hier eine Beziehung aufbaute: Die Fliegen mochten mich. Das konnte ich verstehen: Weshalb sollten Fliegen es nicht gut finden, einen sympathischen Menschen vor sich zu haben? Mit der langjährigen Gefährtin meines Lebens hingegen hatten sie offensichtlich nicht viel im Sinn. Auf jeden Fall ließen die Fliegen sich vorzugsweise auf mir nieder. Sie kamen meist abwechselnd, wobei ich gestehen muss, dass ich sie nicht auseinanderhalten konnte. Die Ähnlichkeit war einfach zu groß. Aber auch in ihrem Verhalten ähnelten sie sich. Vorzugsweise ließen sie sich auf meinen Unterarmen oder auf der Stirn nieder, seltener auf einem Ohr oder am Hals. Dabei erwiesen sie sich als sehr feinfühlig: Sobald ich auch nur die kleinste Bewegung machte, die einen gewissen Unwillen andeuten konnte, waren sie verschwunden. Und keine von ihnen ließ sich von mir streicheln.

Aber ihre Zuneigung zu mir war offensichtlich. Wenn ich durchs Haus ging, begleiteten sie mich weitläufig. Die eine hockte schräg hinter mir auf einer Blumenvase, die andere neben mir auf dem Schlüsselbrett und die dritte auf der Lampe im Flur. Wenn ich mein Zimmer im ersten Stock betrat, wartete die erste bereits auf mich, entweder am Schreibtisch oder auf der Stehlampe.

Das ständige Beisammensein führte natürlich auch zu Spannungen. Öfter ertappte ich mich bei dem Gedanken, wie die meisten anderen Menschen blitzschnell auf eine der Fliegen einzuschlagen und sie zu töten. Aber dann schämte ich mich im gleichen Augenblick für diese brutale Anwandlung und machte mir klar, dass es ein Insektenspray auch tun würde.

Abends beim Fernsehen mit der langjährigen Gefährtin meines Lebens leisteten die Fliegen vorzugsweise mir Gesellschaft. Sie suchten ganz offensichtlich die körperliche Nähe und machten es sich auf meinen Unterarmen, auf meiner Stirn oder am Ohr, aber auch auf den Gläsern und den Schälchen mit Appetithäppchen auf dem flachen Tisch vor uns gemütlich. Sie verschwanden rücksichtsvoll sofort, sowie ich durch eine Bewegung anzudeuten schien, dass sie im Moment nicht so sehr erwünscht seien. Aber nie waren sie deshalb beleidigt oder auch nur nachtragend.

So wurden wir zu einer verschworenen kleinen Lebensgemeinschaft. Doch eines Abends – während der Tagesschau war mir noch gar nichts aufgefallen – fehlte mir bei der Talkshow irgendetwas. Ich dachte darüber nach, strich gedankenverloren über meine Unterarme, über meine Stirn, sah auf den flachen Tisch vor uns – nanu? Richtig – die Fliegen! Hatte ich sie versehentlich in meinem Arbeitszimmer eingeschlossen? Oder noch schlimmer: Hatte ich sie ausgesperrt? Flogen sie jetzt verängstigt und verzweifelt vor der Hauswand hin und her, den wilden Außenfliegen, auf die unsereiner ja überhaupt keinen Einfluss hat, hilflos ausgeliefert?

Bestürzt sah ich die langjährige Gefährtin meines Lebens an. Sie saß neben mir und starrte gleichmütig in den Fernseher. Neben ihr lag ein Gerät aus Plastik, ein langer elastischer Stab, der in einer breiten Fläche mündete ...

Ein furchtbarer Verdacht stieg in mir hoch. „Hast du etwa ...", stotterte ich entsetzt, „hast du sie ... hast du sie ermordet? Mit der Fliegenklatsche ermordet? Alle drei?"

Sie nickte nur gleichmütig und starrte weiter auf den Fernsehschirm.

Seitdem haben wir kein Wort mehr miteinander gesprochen ...

Amsel bei Rot über die Kreuzung

Liebe Hörerinnen und Hörer! Hier ist Radio Perick. Diese Sendung ist nicht nur garantiert jugendfrei, sondern auch für Erwachsene jeglichen Alters hervorragend geeignet. Über Risiken und Nebenwirkungen fragen Sie Ihre Verpackungsbeilage oder verpacken Sie Ihren Arzt nebst Apotheker.

Gerade stehe ich hier an der verkehrsreichen Kreuzung Eppendorfer Weg – Hoheluftchaussee. Und ich stehe nicht allein. Links und rechts neben mir sowie hinter mir stehen etwa fünfzig Menschen verschiedenen Alters, überwiegend unterschiedlichen Geschlechts und mannigfaltiger Güteklassen. Wir alle starren auf die gegenüberliegende Straßenseite, und dort stehen ebenfalls rund fünfzig Menschen der verschiedensten Jahrgänge. Sie alle starren genau in die entgegengesetzte Richtung, nämlich zu uns herüber. Aus ihren Augen blickt eine gewisse Gleichgültigkeit, hier und da Verdrossenheit, in einigen Fällen Ärger oder zumindest Unzufriedenheit. Die meisten aber machen den Eindruck, als würden sie an etwas weit Entferntes denken, wenn überhaupt. Falls ja – an was mögen sie denken? Was ist geschehen? Was geht hier vor sich?

Kenner der Szene wissen Bescheid: Der Eindruck trügt – sie alle sehen Rot! Das Rot der Ampel! Und sie alle hoffen auf Grün – Grün, die Farbe der Hoffnung! Jahrzehntelange Erfahrung hat uns gelehrt: Das Grün wird kommen. Es ist alles nur eine Frage der Zeit.

Wir aber wollen kurz dem Problem nachgehen: Was bewegt all diese Menschen? Was veranlasst rund hundert durchweg erwachsene Großstädter, sich gleichgültig gegenüberzustehen mit dem einzigen Ziel, so schnell wie möglich vorwärts zu eilen und das auch noch in entgegengesetzter Richtung? Was ...?

Nein! Was ist denn das! Das kann doch nicht wahr sein! Etwas Schwarzes! Mit Gelb vorn! Knapp einen Meter über unseren Köpfen! Ein Vogel? Ja – ein Vogel! Das muss eine Amsel sein! Es i s t eine Amsel! Sie fliegt über die Kreuzung. Bei Rot! Sie fliegt tatsächlich bei Rot über die Kreuzung! Das ist ja unglaublich! Schon unseren Kleinsten bringen wir bei, dass sie sich bei Rot nicht von der Stelle rühren dürfen. Lieber Rot als tot, Jawohl! Und dann warten, bis Grün kommt, das ist einfach eine Frage des Überlebens. Aber diese Amsel, sie setzt sich über alles hinweg! Als wenn es keine Straßenverkehrsordnung gäbe! Hundert im Großen und Ganzen erwachsene Menschen verhalten sich diszipliniert und warten.

Aber die Amsel, was glaubt sie denn, wer sie ist? Hält sie sich für etwas Besseres? Glaubt sie, es nicht nötig zu haben? Da – sie ist auf der anderen Straßenseite angelangt, obwohl immer noch Rot ist. Und während wir stehen und warten, sehen wir entgeistert, wie die Amsel unbekümmert in einer Nebenstraße verschwindet.

Der Schock sitzt uns allen in den Gliedern. Wie leicht hätte es zu einem Zusammenprall kommen können. Mit einem LKW beispielsweise. Oder mit einem Bus. Einem Bus des Hamburger Verkehrsverbundes. Unvorstellbar, was alles hätte passieren können! Unsere Notarztwagen sind doch überhaupt nicht auf Amseln eingestellt. Die Bahren sind zu groß. Verbände und Infusionsgeräte passen nicht. Die Dosierungen von Medikamenten und Seren sind nicht übertragbar – unser ganzes Rettungssystem gerät ins Wanken!

Und wir müssen auch an den Busfahrer denken: Ein Mann in den besten Jahren, möglicherweise unbescholten, verheiratet, zwei Kinder! Er hätte nicht mehr schlafen können! Schreiend fährt er nachts unter dem Eindruck des grauenhaften Zusammenpralls mit der Amsel aus tiefem Schlaf hoch. „Platsch!", schreit er mit weit aufgerissenen Augen. „Platsch" Platsch!", seine Frau wird wach. Die beiden Kinder schrecken hoch. Und das, obwohl sie doch morgens ganz früh aufstehen und topfit in der Schule erscheinen müssen. Aber auch die Frau braucht den Schlaf. Sie muss morgens früh aufstehen um zu arbeiten. Sie alle überschwemmt die Befürchtung, dass der Ernährer der Familie möglicherweise wegen seelischer Störungen aus dem öffentlichen Nahverkehr gezogen werden muss. Eine ganze norddeutsche Familie hätte hier an die Grenzen ihrer Belastbarkeit getrieben werden können – und alles nur, weil eine Großstadtamsel glaubt, sich nicht an die Straßenverkehrsordnung halten zu müssen.

Ein verhängnisvoller Irrtum! Hatte sie denn überhaupt eine Start- und Landeerlaubnis? Weshalb trieb sie gerade hier ihr gefährliches Spiel, obwohl sich doch ganz in der Nähe ein hervorragend ausgestatteter Großstadtflughafen mit Start- und Landebahnen von höchster Qualität, mit Tower, perfektem Radarlandesystem und erstklassiger Infrastruktur befindet? Wir verbinden diesen ungeheuerlichen Vorfall mit einer spontanen Umfrage:

a) Durfte die Amsel Ihrer Meinung nach bei Rot über die Kreuzung fliegen? Ja oder Nein?

b) Sollten Amseln für den Straßenverkehr zugelassen werden? Ja oder Nein?

c) Welche Strafen sollten im Übertretungsfall verhängt werden: Geldstrafen? Gefängnisstrafen von sechs bis zu zwölf Monaten? Und wenn ja – wie kommt man an die Amseln heran?

Rufen Sie uns an! Das Ergebnis unserer Umfrage erfahren Sie noch heute Abend in unseren Spätnachrichten. Selbstverständlich werden wir uns schnellstmöglich mit unseren Abgeordneten in Verbindung setzen mit dem Ziel, eine Gesetzesvorlage zu erstellen, die sich mit dem Flugverhalten von Amseln im Großstadtverkehr befasst und notfalls ein generelles Amselflugverbot ermöglicht – he! Sie! Können Sie sich nicht vorsehen! Schubsen Sie nicht so, Sie Rüpel! Ach so, Sie sind eine alte Dame, aber trotzdem – ach ja, die Ampel hat auf Grün geschaltet! Das Leben geht weiter.

Liebe Hörerinnen und Hörer, es tut mir leid, dass wir nicht zum eigentlichen Thema unserer Sendung gekommen sind, aber unsere Sendezeit ist leider überschritten. Hören Sie demnächst bei uns „Augentropfen – der heiße Tipp für den kalten Rücken." Bleiben Sie dran! Und Tschüs! Bis zum nächsten Mal! Ihr Radio Perick!

Wenn der Kuckuck ruft

Sicherlich habe auch ich schlechte Eigenschaften. Jedenfalls einige. Sagen wir: einige wenige. Vielleicht sind es eher Schwächen. Aber eines kann mir niemand nachsagen: Abergläubisch – das bin ich auf keinen Fall. Wenn mir eine schwarze Katze über den Weg läuft, den Kopf zuwendet und mich dabei aus hintergründigen Augen anstarrt – dann lächle ich nur überlegen und denke an die armen Mitmenschen, die glauben, dass nunmehr auf jeden Fall ein Unglück geschehen muss.

Oder nehmen wir ein anderes Beispiel: An einem Freitag, dem Dreizehnten, stolpere ich auf der Straße und verstauche mir den Fuß. Schmerzerfüllt, dennoch gequält lächelnd und zwischendurch heftig fluchend, bin ich mir darüber im Klaren, dass das Eine mit dem Anderen überhaupt nichts zu tun hat. Der Dreizehnte ist eher ein Glückstag für mich und meine Mitmenschen, denn ich bin an einem Dreizehnten geboren. Und ein Freitag kommt jede Woche vor. Dass ich gerade zu diesem Zeitpunkt gestolpert bin, ist reiner Zufall, nichts als Zufall!

Oder jetzt – ich bin weit draußen auf dem Lande – höre ich plötzlich einen Kuckuck rufen. Ein wundervolles Geräusch! Wann hört man als Großstädter schon mal einen Kuckuck rufen? Kuckucksuhren sind aus der Mode. Und auch auf die Naturfilme im Fernsehen kann man sich da nicht verlassen. Sie zeigen meist Erdbeben, Vulkanausbrüche oder Tsunamis. Lächelnd denke ich an jene abergläubischen Menschen, die meinen, die Zahl der Rufe eines Kuckucks bedeute die Zahl der Jahre, die man noch zu leben hat.

Was für ein Unfug! Ich begreife nicht, wie halbwegs vernünftige Menschen soetwas glauben können. Dieser Kuckuck zum Beispiel hat zweimal gerufen, und dann war es wieder still. Schon daran sieht man, wie unsinnig dieser Aberglaube ist. Ich bin zwar nicht mehr der Allerjüngste, aber der Gedanke zu glauben, ich hätte nur noch zwei Jahre zu leben, zeigt, wie eigenartig manche Menschen programmiert sind.

Da – er fängt wieder an zu rufen: zwei, drei, vier ..., sieben, acht, neun – und wieder ist Ruhe. Aber immerhin: Neun Jahre! Und das in meinem Alter! Das ist gar nicht mal so schlecht. Sicherlich gibt es gute Freunde oder Familienangehörige, die meinen: „Nein, nur noch neun Jahre, Nils, das ist einfach zu wenig!"

Und vielleicht haben sie recht. Meine Eltern wie auch Großeltern sowohl väterlicherseits als auch mütterlicherseits sind älter geworden. Weshalb eigentlich soll ich, ausgerechnet ich, nicht so alt werden?

Und schon fängt er wieder von vorn an: Eins, zwei, drei ... sechs, sieben, acht ... ein sympathischer Vogel da in der Ferne, mit seinen etwas gedämpften Rufen ... zwölf, dreizehn, vierzehn ... mach nur weiter, kleines Kerlchen! Das heißt, so klein soll so ein Kuckuck gar nicht sein, wie eine Elster etwa ... achtzehn, neunzehn, zwanzig ... gut so! Weiter so! Ganz unscheinbar sollen diese Vögel sein, habe ich mal irgendwo gelesen. Sie verstehen es meisterhaft, für ihre Kinder zu sorgen und sie bei verantwortungsbewussten Pflegeeltern unterzubringen, ... siebenundzwanzig, achtundzwanzig, neunundzwanzig ... also, wenn ich abergläubisch wäre, so würde ich jetzt glauben, achtundneunzig Jahre alt zu werden. Kein schlechtes Alter für einen Mann wie mich, der nie besonders auf seine Gesundheit geachtet und Ärzte, so weit möglich, gemieden hat ... neununddreißig, vierzig, einundvierzig ...

Lass dich nicht stören, du kräftiges Kerlchen, mach nur weiter so!" Verträumt blicke ich auf die vielen schönen Jahre, die ich anscheinend noch vor mir habe. Erfüllte Jahre, möglicherweise sogar erfolgreiche Jahre, eine Zeit der Ruhe, der Zufriedenheit, vielleicht sogar des Glücks? ... zweiundfünfzig, dreiundfünfzig, vierundfünfzig

... ein eigenartiger Vogel, hat man vergessen, ihn auszuschalten? Ist es vielleicht gar kein Kuckuck? Ist es vielleicht doch das Fernsehen, das ja für seine Wiederholungen bekannt ist? ... achtundfünfzig, neunundfünfzig, sechzig ... Oder ist es eine überdrehte Kuckucksuhr? Eine Vogelstimmen-CD mit einem Kratzer? Ein Staubsauger, gekoppelt mit einer Kuckucksuhr? ... siebenundsechzig, achtundsechzig, neunundsechzig ... es kann doch nicht angehen, dass ich hundertvierzig Jahre alt werde – nein, jetzt hunderteinundvierzig!

Da stimmt etwas nicht – hundertdreiundvierzig Jahre alt, selbst wenn wir die Fortschritte der Medizin berücksichtigen, zum Kuckuck, was soll der Unfug! Und er ruft immer noch weiter, wie soll ich das bezahlen? So alt zu werden kann sich doch niemand mehr leisten! Dieses Tier treibt eindeutig Schindluder mit meinen Träumen, Gefühlen, Sehnsüchten – wenn es denn überhaupt ein Tier ist. Vielleicht ist es eine Spieluhr, die man vergessen hat, abzustellen? Nein, irgendwann muss die Batterie doch leer sein! Aufhören! Das glaubt doch kein Mensch mehr! Ich reibe mir meine nicht mehr ganz jungen Augen – wieso zähle ich denn überhaupt mit, wenn der Kuckuck ruft? Ich bin doch nicht abergläubisch!

Also, meine Damen und Herren, eines möchte ich an dieser Stelle mal ganz energisch klarstellen: Zugegeben, das Rufen des Kuckucks ist selten geworden in unserer vom Lärm geprägten schnelllebigen Zeit, es ist ein wundervolles akustisches Signal, ein Zeichen der Beschaulichkeit und Besinnung auf die von allen Seiten bedrohte Natur, aber wir sollten uns von diesem bezaubernden Ruf nicht irremachen lassen – mit der Zahl der noch zu erwartenden Lebensjahre für den verzückt lauschenden Menschen hat der Ruf des Kuckucks nichts, aber wirklich auch gar nichts zu tun!

Die Kunst des Fliegenwerfens

Wer kennt sie nicht, diese kleinen poussierlichen Tierchen mit dem zierlichen Rüssel und den zarten durchsichtigen Flügeln, wie sie da vor einem auf dem Tellerrand sitzen, einen aus ihren riesengroßen Augen erwartungsvoll anblicken und sich verschmitzt die beiden Vorderbeinchen reiben – richtig: Es ist die gemeine Stubenfliege. Die in Wirklichkeit gar nicht gemein ist, sondern allenfalls ein wenig aufdringlich.

Seit Jahrmillionen gibt es sie schon, viel länger als uns Menschen, die wir mit kümmerlichen vier, fünf Millionen Jahren Entwicklungsgeschichte gar nicht ernst zu nehmen sind – obwohl wir in dieser kurzen Zeit wesentlich mehr Unheil angerichtet haben als alle Fliegen der Welt zusammen.

Vielleicht ist es das, was so viele Menschen zu erbitterten Feinden der Fliegen macht: das schlechte Gewissen! Sie schlagen die Fliegen einfach tot, vergiften sie mit allen möglichen Sprays, es gibt Fliegenklatschen und sogar diese klebrigen Fliegenfänger. Erst neulich habe ich so einen gesehen – es war grauenhaft!

Aber den absoluten Tiefstpunkt dieser Hasskampagne gegen die munteren, zarten Tierchen erlebte ich kürzlich, und das trieb mir die Schamröte ins Gesicht: Da pries doch irgendein „Angler-Verlag" oder so ähnlich ein neues Buch an, und das hieß „Die Kunst des Fliegenwerfens".

Und das ist ja nun wirklich ganz schlimm. Davon abgesehen, dass die eigentliche Kunst erstmal wäre, die Fliegen überhaupt zu fangen. Jeder, der was von Fliegen versteht, weiß, wie schwierig es ist, eine Fliege zu fangen. Aber wenn man diese zarten Tierchen tatsächlich gefangen hat, dann soll man sie werfen? Ja, wieso denn eigentlich? Sollen hier Aggressionen abgebaut werden? Wer gibt einem das Recht dazu? So geht man ja nicht einmal mit seinen Kindern um.

Werfen! Jedermann weiß, wie zart und verletzlich diese lebhaften kleinen Geschöpfe sind. Und wohin soll man sie werfen – an die Scheibe? Gegen die Wand? Auf den Fußboden? Man muss sich mal klarmachen, was da alles passieren kann: Sie können sich den Rüssel verstauchen, die dünnen Beinchen brechen, die großen braunen Augen verletzen – und wie leicht können die durchsichtigen Flügelchen durch das Werfen verletzt werden!

Hier, meine ich, ist es an der Zeit, dass der Tierschutzgedanke fassen muss. Es kann nicht angehen, dass unsere Gesellschaft nur Tiger, Steinadler, Walfische, Honigbienen und Wachtelkönige schützt. Jetzt geht es darum – und das verhängnisvolle

Buch, das mir zufällig in die Hände fiel, ist wahrscheinlich nur die Spitze des Eisbergs – jetzt geht es darum, sich endlich schützend vor die Schwächsten in unserer Gesellschaft zu stellen: Das sind, neben Anderen, die Fliegen!

Natürlich muss zunächst auf politischer Ebene etwas unternommen werden. Wozu haben wir Parlamente! Es müssen Gesetze erarbeitet und rechtskräftig umgesetzt werden, die sich dagegen wenden, dass Fliegen geworfen, gequält, unterdrückt und vorsätzlich verletzt werden. Wozu haben wir eigentlich die Parteien? Der Fliegenschutzgedanke muss menschlich wie auch juristisch gesehen Allgemeingut in unserer Gesellschaft werden.

Aber natürlich ist auch und nicht zuletzt der deutsche Tierschutz gefordert. Es nützt gar nichts, auf das Ausland oder auf abschreckende globale Verhaltensweisen hinzuweisen: Hier geht es um d e u t s c h e Fliegen, und es sollte selbstverständlich sein, dass in den Tierheimen schnellstmöglich Auffangstationen für durch skrupelloses Werfen verletzte Fliegen eingerichtet werden. Auch vorbeugende Maßnahmen sollten zum Allgemeingut des Fliegenschutzgedankens werden: So sollten für besonders gefährdete Exemplare Fliegenschutzzellen eingerichtet werden, um sie davor zu bewahren, geworfen zu werden!

Darüber hinaus geht es um mehr: Wir sollten uns zu unseren Fliegen bekennen! Ich will nicht so weit gehen zu erklären, dass Fliegen auch Menschen sind. Das könnte von mancher Fliege, die ja nicht über den Verstand eines Menschen verfügt, als Beleidigung empfunden werden. Aber eines sollte ganz klar und eindeutig Mindestforderung werden:

Ganz gleich, ob wir Fliegen mögen oder nicht, ob wir sie in unsere Gesellschaft integrieren oder ausgrenzen wollen, ob wir sie ausweisen oder gar nicht erst hereinlassen wollen, ob sie Kenntnisse deutschen Wesens und einheimischer Kultur nachweisen müssen oder nicht, unabhängig davon sollten wir alle uns einig sein – deutsche Fliegen sollten auf keinen Fall geworfen werden dürfen!

Wenn uns auch sonst
nichts gehört –
uns gehört die Zukunft.

(Nils Perick)

Die Zukunft ist
auch nicht mehr das,
was sie mal war.

(Nils Perick)

8. Kapitel

Der Fortschritt ist nicht mehr aufzuhalten

Es wird
immer
kompli-
zierter,
einfach
zu leben.

Von dem Geld, das wir nicht haben,
kaufen wir Sachen, die wir nicht brauchen,
um Leuten zu imponieren, die wir nicht mögen.

(Lawrence J. Peter)

Das Geheimnis des Kugelschreibers

Es begann damit, dass ich mir einen Kugelschreiber für 9,9 Cents kaufte. Das heißt, genau genommen kaufte ich mir zehn Kugelschreiber für 99 Cents.

An sich kaufe ich mir keine Kugelschreiber. Man erhält sie von allen Seiten geschenkt. Oft nehme ich auch Kugelschreiber, die einem gereicht werden, behalte sie danach in der Hand und stecke sie anschließend gedankenverloren ein – man hat ja schließlich auch noch andere Dinge im Kopf.

Diesmal hatte es nicht geklappt. Ich musste mir tatsächlich Kugelschreiber kaufen.

Aber warum auch nicht? Ich nahm den ersten der zehn Kugelschreiber, drückte, wie üblich, hinten auf einen Stift, und schon kam die Spitze des Kugelschreibers heraus.

Es klappte hervorragend. Ich schrieb, und nach getaner Arbeit drückte ich wieder hinten auf den Stift, denn im Ruhezustand muss die Spitze eines Kugelschreibers wieder verschwinden. So kennen wir es, und so erwarten wir es.

Aber in diesem Fall tat sich nichts. Der Stift blieb hinten, die Kugelschreiberspitze draußen – vergeblich zerrte ich an dem Stift.

Irritiert legte ich den Kugelschreiber vor mich auf den Schreibtisch und schaute ihn prüfend an. Das Verhalten dieses Kugelschreibers war ungewöhnlich. Verweigerte er sich mir, weil ich so wenig für ihn bezahlt hatte? Ich hatte bezahlt, was man vor mir haben wollte! Oder hatte ich vielleicht einen Wegwerfkugelschreiber erworben? Einmal benutzen und dann, wie in unserer Gesellschaft üblich, wegwerfen? Eigenartig. Noch nie in meinem Leben hatte ich einen Kugelschreiber in der Hand gehabt, dessen Spitze sich nach getaner Arbeit nicht zurückstellen ließ.

Ich blickte auf den vorderen Teil des Kugelschreibers, aus dem die Spitze hervorlugte: Vermutlich musste dieses Teil herumgedreht werden. Ich drehte dieses Teil nach links, dann nach rechts – nichts geschah. Nun nahm ich den Kugelschreiber in die Hand, drückte hinten auf den Stift und gleichzeitig vorn die Spitze auf einen festen Untergrund. Nichts geschah.

Man darf in einer solchen Situation nicht in Panik geraten. Man muss einen kühlen Kopf bewahren. Der größte Fehler wäre es, in diesem Augenblick die Nerven zu verlieren.

Scheinbar gelassen schaute ich den Kugelschreiber vor mir genauer an. Ohne

Zweifel war dies eine Herausforderung. Für unsere Vorfahren vor einigen Millionen Jahren war diese Situation kein Problem, sie hatten ganz andere Sorgen. Aber die Entwicklung hat uns Menschen vorangetrieben. Es verpflichtet unsereiner, die Krone der Schöpfung zu sein – was immer man auch darunter verstehen mag. Heute kann uns niemand mehr weismachen, dass eine Kugelschreiberspitze zwar aus dem Schaft herausspringt, dass es aber keinen Weg gibt, sie wieder zurückzuholen.

Es fragte sich nur noch wie.

Vorsichtig gab ich den Kugelschreiber von der linken in die rechte Hand, dann wieder in die linke Hand, begleitet von meinen prüfenden Blicken – wo verbarg dieser Kugelschreiber sein Geheimnis? „Komm, alter Junge", murmelte ich voller Anspannung. „Pack' aus! Ich weiß, dass man die Spitze wieder rein kriegt, ich spüre es. Zeig mir, was für ein Trick dahinter steckt!"

Was den Menschen unserer Zeit auszeichnet, ist die Tatsache, dass er technischen Problemen nicht ausweicht. Über Jahrhunderttausende hatten Menschen sich damit begnügt, Feuer am Glimmen zu erhalten, aus Steinen mühsam Speerspitzen zu schleifen, kalte, zugige Höhlen gegen Feinde abzusichern und Beutetieren aufzulauern.

Das ist nicht mehr unsere Welt. Wir sind schon längst damit beschäftigt, die letzten Geheimnisse der Natur und des Weltalls zu enträtseln – zum Beispiel, wie kriegt man diese verdammte Spitze wieder rein!

Ich griff erneut zu dem Kugelschreiber, versuchte zu drehen, zu schrauben, drückte ihn von oben bis unten von allen Seiten, nichts geschah. Aber dann – was war das? Hatte es nicht gerade eben geklickt? Ich reagierte blitzschnell, schaute sofort nach unten – nicht zu fassen: Die Kugelschreiberspitze war verschwunden! Aber weshalb? Was hatte das eigenartige Klicken zu bedeuten, hing es mit dem Verschwinden der Kugelschreiberspitze zusammen? Und wie kam es zu dem Klicken?

Ich holte meine Lupe heraus, die ich für den Notfall immer bei mir trage, weil ich noch keine Brille brauche. Mein Blick blieb schließlich an einem Plastikteil hängen, das ich bis dahin übersehen hatte. Es war eine Art Clip, wie wir Norddeutschen sagen, mit dem man den Kugelschreiber beispielsweise in der Innentasche des Jacketts befestigen kann. Ich drückte auf den Stift am Ende des Kugelschreibers, es sagte „Klick", und die Spitze des Kugelschreibers kam heraus. Nun drückte ich auf den Clip und schon zog sich die Spitze wieder in den Kugelschreiber zurück.

Ich hatte es geschafft! Ich hatte das Rätsel der Konstruktion gelöst! Ausgerechnet ich, Nils Perick!

Mein nunmehr wissender Blick entlarvte jetzt schlagartig die technischen Abläufe innerhalb dieses Gerätes. Glasklar analysierte ich die Vorgänge: Unter dem Clip gab es zwei kleine Löcher im Schaft des Kugelschreibers. An der Kugelschreibermine war eine kleine Plastikfeder mit einer Erhöhung aufgesetzt. Drückte ich nun auf den Stift am Ende des Kugelschreibers, drückte ich die Mine heraus, und die Plastikfeder rastete im unteren der beiden Löcher ein, die Kugelschreiberspitze war draußen. Drückte ich nun auf den Clip, dann wurde die Plastikfeder aus dem vorderen Loch herausgedrückt und rastete im hinteren der beiden Löcher ein – die Spitze war nun wieder zurückgeschnellt und im Kugelschreiber verschwunden.

So einfach war das! Ein kleiner Druck an der richtigen Stelle – wie beim Fernseher oder auch beim Start einer Raumfähre – und schon funktionierte selbst dieser im Grunde doch so einfache Kugelschreiber. Ein kleiner Schritt für die Menschheit, aber ein großer Schritt für den Nutzer dieses Schreibgerätes.

Ein befriedigendes Lächeln verschönte meine Züge. Jetzt verstand ich, weshalb es uns Menschen gelingen konnte, auf dem

Mond zu landen. Und sicher werden wir es eines Tages, wenn wir so weitermachen, sogar schaffen, h i n t e r dem Mond zu l e - b e n .

So reisen wir richtig

Früher fuhren wir mit dem Zug nach Hamburg. Dann stellte die Deutsche Bahn fest: Das rechnet sich nicht. Seitdem hat die Bahn ihren Betrieb aus Rationalisierungsgründen auch auf dieser Strecke eingestellt.

Das ist jedoch nicht schlimm. Jetzt kann man wieder mit dem Bus nach Hamburg fahren.

Man unterschätze das nicht. Eine Ururgroßtante von mir, das wird noch heute in der Familie erzählt, hat ihr ganzes Leben lang davon geträumt, einmal nach Hamburg zu fahren. Damals fuhr man noch mit der Postkutsche. Sie hat nie begründen können, weshalb sie nach Hamburg wollte. Sie hat es jedenfalls nie geschafft.

Heute ist das für uns, dank des technischen Fortschritts, überhaupt kein Problem mehr: Man steigt nicht mehr in den Zug sondern in den Bus, fährt los und kommt an.

So einfach ist das.

Vorausgesetzt natürlich, man weiß, wann der Bus nach Hamburg abfährt. Die meisten Leute haben keinen Fahrplan. Wir haben einen. Leider ist er, wie wir feststellen mussten, vom vorigen Jahr. Aber wir haben zum Glück noch einen zweiten. Schade nur, dass es ein Sommerfahrplan ist. Zwar haben wir noch fast Sommer, aber die Busse fahren bereits nach dem Winterfahrplan.

Unsere Enkelin verweist uns auf das Internet. Aber ich weise sie zurück: Kinder sind unsere Zukunft, nicht unsere Gegenwart! Doch nur Kleinmütige sind es, die angesichts dieser Situation verzagen. Ich zum Beispiel. Die langjährige Gefährtin meines Lebens dagegen fragt nur kühl: „Wozu hat uns der technische Fortschritt seinerzeit das Telefon beschert?"

Natürlich! Die Frage ist nur: Welche Nummer hat der ZOB – der Zentrale Omnibus-Bahnhof? Ein aufmunternder Blick der Gefährtin meines Lebens bringt mich auf die richtige Idee – das Telefonbuch! Mit zitternden Fingern suche ich ... Z ... O ... B ... ZOB. Mein Blick fällt zunächst auf den ZOB-Angelrutenverleih, dann auf ZOB-Damenmoden. Von Bus-ZOB hingegen finde ich keine Spur. Steht er unter „B" wie Bus? Unter „B" wie Bahnhof? Oder unter „O" wie Omnibusbahnhof?

Alles Fehlanzeige.

Und wieder ist es die langjährige Gefährtin meines Lebens, die mich auf den richtigen Weg bringt. „Natürlich", sagt sie mit leicht verwundertem Unterton, „musst du unter 'Z' nachsehen, 'Z' wie Zentralomnibusbahnhof."

Auf diese Idee wäre ich nie gekommen. Tatsächlich – unter Zentralomnibusbahnhof entdecke ich die Telefonnummer 443177832 (Durchwahl). Mit vor Glück vibrierenden Fingern empfinde ich auf der Tastatur unseres schnurlosen Telefons diese Zahl nach, die mir endlich die ersehnte Auskunft bringen wird. „Hamburg", jubelt es in mir, „gleich bin ich bei dir! Was meine Ururgroßtante nicht geschafft hat – für mich ist das kein Problem mehr. Das ist der Fortschritt, den uns die ständig sich weiter entwickelnde Technik beschert!"

Es antwortet ein automatischer Anrufbeantworter: „Kein Anschluss unter dieser Nummer".

Es dauert einige Sekunden, bis ich das Ausmaß dieser Auskunft erfasst habe. Dann breche ich stöhnend zusammen. „Wenn nicht unter dieser Nummer, unter welcher dann? Ich will nicht mehr! Ich will hierbleiben! Hier bin ich zuhause! Ich will mein Bier trinken! Vor dem Fernseher sitzen! Ich will nicht mehr nach Hamburg!"

Die langjährige Gefährtin meines Lebens ist es, die mich wieder aufrichtet. „Du fährst", sagt sie. „Jetzt erst recht. Schuld hast du selbst. Du hast seit mindestens drei Jahren die neuen Telefonbücher nicht mehr abgeholt. In alten Telefonbüchern findest du die alten Nummern, wir brauchen natürlich die neue Nummer – ruf jetzt mal die Auskunft an!"

Ich bewundere die Frauen als solche. Es ist im Grunde nicht zu fassen, dass diese herrlichen, selbstsicheren Geschöpfe, die sich sogar in scheinbar aussichtslosen Situationen zurechtfinden, sich außerdem noch emanzipieren wollen. Aber vielleicht ist gerade dies ein Zeichen ihrer Stärke. Sie bringen die Kraft auf, es zu wollen, während wir Männer bereits zufrieden sind, wenn man uns in Ruhe lässt. Wir wollen uns gar nicht emanzipieren. Wir freuen uns, wenn wir im Haushalt helfen dürfen, wenn man uns den Mülleimer ausleeren lässt oder uns gar den Staubsauger überantwortet. Anschließend braucht man uns nur eine Flasche Bier in die Hand zu drücken und uns in irgendeiner Ecke abzulegen, wo gerade ein Fernseher steht.

Mehr wollen wir nicht. Emanzipiert zu sein, ist nicht unser Ding. Wer wüsste dies besser als wir Männer. Es ist viel zu anstrengend. Ach ja, die Auskunft. „ZOB?", fragt eine Frauenstimme in der Leitung. „Ja", sage ich, „ZOB, 'Z' wie zärtlich, 'O' wie O-Bein und 'B' wie Busen!"

„Welchen ZOB meinen Sie?", fragt die Telefonstimme ungerührt, während die Gefährtin meines Lebens missbilligend den Kopf schüttelt, „ZOB-Angelrutenverleih oder ZOB-Damenmoden?"

„Nein!", schreie ich entnervt. „Keine Angeln! Keine Damenmoden! Ich will den ZEBS ... den ZOBS ... den Zentrelbussibärhandorf ... den ...

„Wenn Sie vielleicht den Zentralomnibusbahnhof meinen", sagt die gefühllose Stimme am anderen Ende der Leitung, „rufen Sie bitte die Nummer 38661793 an".

Ich schreibe mit.

„Alles klar", versuche ich die Gefährtin meines Lebens zu beruhigen. „ich brauche nur noch eine Nummer einzutippen, und schon ist alles in bester Ordnung. Einen Augenblick noch..."

Ich wähle 38661793. „Wenn Sie", ertönt ein automatischer Anrufbeantworter, „eine telefonische Auskunft benötigen, rufen sie bitte die Nummer 38661794 an."

„Verdammt!" schreie ich, schlage mit den Fäusten auf den Tisch, trete gegen den nächsten Stuhl, werfe eine Blumenvase gegen die Wand und versuche in wilder Wut in den Teppich zu beißen (geht nicht: Auslegware). „Verdammte Sauerei! Natürlich brauche ich eine telefonische Auskunft! Sonst würde ich doch diesen Saftladen nicht anrufen! Ich habe die Nase voll! Ich will nicht mehr! Mir reicht's! Ich bleibe hier! Fahr' Du doch nach Hamburg!"

Die Gefährtin meines Lebens blickt irritiert hoch. In schwierigen Situationen sind es gelegentlich die Frauen, die die Übersicht behalten, während wir Männer erst die Übersicht behalten, wenn es ganz besonders schwierig wird.

Doch so weit ist es bei uns noch nicht. Noch reicht es aus, wenn zunächst die Gefährtin meines Lebens eingreift. „Wähle noch einmal", sagt sie, „Du darfst nicht aufgeben. So dicht dran wie in diesem Augenblick waren wir noch nie. Harre aus! Lass dich nicht entmutigen!"

Das wirkt. Oft ist es nur ein tröstendes Wort, das hilft, uns Männer wieder zu aktivieren, um siegreich ins Ziel zu steuern.

So auch jetzt. Beherrscht und überlegen, den Erfolg vor Augen und Zuversicht auf der Zunge, wähle ich erneut. Und diesmal meldet sich die Auskunft des Zentralomnibusbahnhofs.

Ich kann es nicht fassen. „Wundervoll!", jubele ich, „wie wundervoll, dass es Sie gibt!"

„Einen Augenblick", unterbricht mich die Dame am anderen Ende der Leitung und legt ungerührt den Hörer neben sich.

„Hallo!", rufe ich empört, „hallo, hallo, Sie, halt, Sie können mich doch nicht einfach abhängen. Ich versuche Sie seit über einer Stunde zu erreichen! Hallo! Hallo!"

Zehn Minuten später bin ich heiser und schon wesentlich ruhiger. Ich registriere, dass offensichtlich Auskunft und Fahrkartenschalter aus Gründen des technischen

Fortschritts zusammengelegt wurden. Ich höre, wie die Auskunftsdame mit einem älteren Mann verhandelt. Er möchte mit dem Bus fahren, weiß aber noch nicht wohin. „Fahren Sie an die See", schlägt die Auskunftsdame vor. Doch er will nicht. "Baden kann ich auch zuhause. Und Sand haben wir in der Sandkiste."

„Wie wäre es mit einem Ausflug in die Heide?"

Der ältere Herr ist lustlos. „Heidekraut haben wir im Balkonkasten. Und Mücken im Garten."

„Fahren Sie doch zum Mond!" schreie ich unbeherrscht, aber niemand hört auf mich. Es gibt nichts Machtloseres als einen Menschen, der am Telefon hockt, während sein Gesprächspartner den Hörer irgendwo abgelegt hat. Ich beschließe in dieser Sekunde die Erfindung eines ferngesteuerten Telefonhörers, mit dem man den Gesprächspartner erschlagen kann.

„Schicken Sie ihn bitte in die Wüste", flüstere ich, aber die Frau am anderen Ende des Hörers verkauft ihm stattdessen eine Stadtrundfahrt für drei Erwachsene und drei Kinder.

Und dann, endlich, ist es so weit. „Sie wünschen?" fragt die Dame, „hallo, hallooo!"

Ich zucke zusammen, bin gerade ein wenig eingenickt. „Hallo", antworte ich schlaftrunken, „ich bin's nur, bitte nicht auflegen...“

„Fassen Sie sich bitte kurz“, sagt die Dame kurz angebunden.

Ich bemühe mich, nicht beleidigt zu sein. „Eine Auskunft möchte ich nur. Eine klitzekleine, ganz kurze Auskunft. Sagen Sie mir bitte, wann heute der nächste Bus nach Hamburg fährt!“

„Der Bus nach Hamburg? Der letzte ist gerade vor zehn Minuten abgefahren. Der nächste fährt morgen Nachmittag!“

Meine Ururgroßtante hat ihr Leben lang gewartet. Weshalb soll es mir eigentlich besser gehen? Und überhaupt – was wollte ich eigentlich in Hamburg?

Die elektrische Stirnleuchte

Die Gefährtin meines Lebens wollte in dem Billigartikel-Markt zwei Liegestühle, herabgesetzt zu 9,95 Euro je Stück, kaufen. Als sie die Liegestühle sah, gefielen sie ihr nicht. Wie zufällig machte sie sich nun daran, das restliche Angebot des Billigmarktes zu überprüfen. Zunächst folgte ich ihr in einiger Entfernung. Dann entdeckte ich ein Zahnbürsten-Sonderangebot: sechs Zahnbürsten für nur 1,99 Euro. Nun, ich besaß schon eine Zahnbürste und schlenderte daher weiter. Es gab Nähsets, Nistkästen für Meisen, chemische Bartstoppelbeseitiger, elektrische Nasenschoner für 2,99 Euro und Charmespender in kleinen Flaschen für 99 Cent.

Völlig erschöpft von der Fülle des Angebots suchte ich mir einen Gartensessel, herabgesetzt für 9,99 Euro, und ruhte mich ein wenig aus. Nach wenig mehr als einer Stunde tauchte die Gefährtin meines Lebens sichtlich angeregt wieder auf: Sie hatte ein Sonderangebot in der Hand – fünf Waschlappen für nur 99 Cent. Ich verkniff mir aus Gründen der Selbstachtung die Bemerkung „du hast doch mich", und sie sagte aufgekratzt, jetzt solle auch ich zu meinem Recht kommen: „Da gibt es ein Schachspiel aus Glas für nur 3,99 Euro."

Ich deutete zaghaft an, wir hätten doch schon drei Schachspiele zu Hause, die zu benutzen wir aber nie Gelegenheit hätten, weil wir unsere kostbare Zeit dazu benötigen, in Super- und Billigmärkten sowie bei Discountern die günstigsten Angebote herauszufinden.

Das empfand die Gefährtin meines Lebens offensichtlich nicht als konstruktive Bemerkung, und Missstimmung drohte sich auszubreiten. Scheinbar gutgelaunt stand ich auf, strich noch einmal interessiert durch die Gänge zwischen den hohen Regalen – und da sah ich sie, mein Herz blieb mir fast stehen:

Eine elektrische Stirnleuchte, mit Batterie, komplett für nur 3,99 Euro!

Ich war fasziniert. Bis dahin war mir nie klargewesen, dass es überhaupt elektrische Stirnleuchten gab. Mein ganzes Leben war bis zu diesem Zeitpunkt absolut stirnleuchtenlos verlaufen. In dieser Sekunde aber entschied sich mein Schicksal: Ich musste sie haben! Und zwar sofort! Keine Sekunde länger wollte ich ohne Stirnleuchte leben. Andere Männer werden mit der Frau ihres Lebens konfrontiert und spielen verrückt. Bei mir war es die elektrische Stirnleuchte. „Sieh nur", rief ich erregt zur Gefährtin meines Lebens hinüber, „sieh nur, was ich hier entdeckt habe!"

Die langjährige Gefährtin meines Lebens schaute kurz hin und zuckte mit den Schultern. „Was soll das", sagte sie kurz angebunden, „das ist doch Blödsinn!"

„Blödsinn?", empörte ich mich, „Blödsinn? Das hier ist etwas ganz Besonderes!"

Ich begann mich daran zu erinnern, dass früher die Bergleute Stirnleuchten getragen und mit ihrer Hilfe einen positiven Beitrag zur Energiegewinnung geleistet hatten. Nun wollte ich dies nicht als Argument anführen, da es in Schleswig-Holstein meines Wissens keine Bergwerke gibt. In Hamburg, das war mir bekannt, gibt es einen Elbtunnel, aber auch dort wird, soweit ich weiß, nicht mit Stirnleuchten gearbeitet.

Nein, hier musste man ganz behutsam argumentieren. Ich ersuchte die langjährige Gefährtin meines Lebens umsichtig, sich neben mich auf eine Hollywood-Schaukel – herabgesetzt für nur 19,90 Euro – zu setzen, während ich im Hinsetzen schnell die Gebrauchsanweisung für die elektrische Stirnleuchte überflog. „Siehst du", rief ich triumphierend, „du willst doch seit langem, dass ich Sport treibe. Mit dieser Stirnleuchte kann man wundervoll nachts durch Parks und Wälder laufen, ich könnte sogar Nordic-Walking betreiben, du weißt doch, diese Sportart, bei der man am Stock geht, genaugenommen mit beiden Händen an zwei Stöcken. Da müssen die Hände frei sein, dies ist überhaupt nur mit einer elektrischen Stirnleuchte möglich, jedenfalls nachts."

Ich bemühte mich verzweifelt, die voraussehbaren Gegenargumente von vornherein im Keim zu ersticken. „Oder nachts, wenn es dir zum Schlafen zu dunkel ist – du schaltest einfach die elektrische Stirnleuchte an, und schon kannst du wieder ruhig schlafen." Hastig schob ich ein weiteres Argument hinterher: „Oder im Theater! Plötzlich wird alles dunkel. Du kannst nichts mehr sehen und drohst die Orientierung zu verlieren. Mit einer Stirnleuchte bist du immer auf der sicheren Seite! Nein, sag' jetzt nichts – hör' dir an, was dieses wundervolle Gerät für einen Menschen unserer fortschrittlichen Zeit bedeuten kann. Du willst doch immer, dass ich unseren Rasen mähe – sogar n a c h t s kann ich mit diesem Gerät Rasen mähen. Nachts! Ist das nicht wundervoll?"

Noch immer vermisste ich die unverhohlene Begeisterung im Gesicht der Gefährtin meines Lebens. „Oder nehmen wir nur die Suche nach einem Partner!", stieß ich verzweifelt nach. „Jeder weiß, wie schwierig es ist, einen Partner fürs Leben zu finden, besonders nachts. Mit der elektrischen Stirnleuchte ist das überhaupt kein Problem. Da finden Menschen sogar in der Nacht möglicherweise für ein ganzes Leben zusammen.

Hilflos wären sie sonst im Dunkel aneinander vorbeigeirrt, aber der heimelige Glanz der Stirnleuchten ..." Ich hielt inne. Irgendwie hatte ich das Gefühl, mit diesem Argument bei der Gefährtin meines Lebens nicht 'punkten' zu können, wie wir Sportler sagen. Und prompt stieß sie nach: „Du hast anscheinend vergessen", sagte sie kühl, „dass du bereits eine Partnerin fürs Leben hast!"

„Oh nein", stotterte ich verlegen, „keineswegs. Nie kann ich das vergessen. Ich denke vierundzwanzig Stunden am Tag daran. Aber man darf nicht immer nur an sich selbst denken. Auch seinen Mitmenschen gegenüber hat man Verpflichtungen ..."

„Genau", unterbrach mich die langjährige Gefährtin meines Lebens, „und deshalb sollen die Mitmenschen sich elektrische Stirnleuchten kaufen. Du brauchst keine Stirnleuchte, du hast ja mich! Komm, und jetzt suchen wir mal was Vernünftiges für dich!"

Damit zog sie mich wieder in die Gänge zwischen den hohen Regalen. Sie empfahl mir Halbfettzahnpaste mit Lichtschutzfaktor 3, ein Fernglas, mit dem man auch nachts nichts sehen kann, automatische Pulswärmer mit eingebautem Frostschutz, Verschlüsse für senkellose Schuhe, Freizeitspender in 1-Liter-Vakuumpackung, und auch ein Becher für Linkshänder war dabei. Aber obwohl all dieses zu stark reduzierten Preisen angeboten wurde, konnte ich meine Gedanken nicht von der elektrischen Stirnleuchte abwenden.

Entnervt blieb die langjährige Gefährtin meines Lebens schließlich stehen und sagte: „Ich habe dieses Theater langsam satt. Du musst dich entscheiden – entweder die Stirnleuchte oder ich!"

Ich versuchte sie zu beschwichtigen. „Aber, aber", sagte ich, „du kannst doch eine menschliche Beziehung nicht mit einer Stirnleuchte vergleichen. Das sind zwei völlig verschiedene Dinge, noch unterschiedlicher als Äpfel und Birnen. Und denk doch an die Vorteile dieses Gerätes. Du wirst nachts wach, ich bin nicht da, du stürzt ans Fenster – und anhand der Stirnleuchte kannst du sofort sehen, in welchem Teil des Gartens ich Rasen mähe. Oder nachts in der Großstadt – wie leicht kann man sich aus den Augen verlieren, wenn man im Dunkeln durch Parks und Wälder und über die Wiesen streift. Eben war der Partner noch da, schon ist er weg, welch ein schmerzlicher Verlust. Das alles muss nicht sein! Wenn beide eine elektrische Stirnleuchte tragen, finden sie ganz schnell wieder zusammen!"

Doch die Gefährtin meines Lebens war für meine Argumente nicht zugänglich. „Die Stirnleuchte oder ich!", wiederholte sie starrsinnig.

„Gut", seufzte ich schließlich, „du hast es nicht anders gewollt. Geh schon mal zum Auto. Hier sind deine Autoschlüssel."

Letzten Endes hat dann doch die Vernunft gesiegt. Es war nicht leicht. Aber wir haben uns arrangiert. Jedesmal, wenn wir zusammen sind, beim Fernsehen beispielsweise, lege ich vorher die Stirnleuchte ab. Es ist klar, dass diese zu den großen Entwicklungen der Menschheitsgeschichte zählt. Aber wie so viele aufsehenerregende Erfindungen – ich denke nur an die Raumfähre, die Marssonde oder an die Plastiktüte – braucht auch die Stirnleuchte ihre Zeit. Noch kommt es vor, dass man im Alltag auf Menschen ohne Stirnleuchte trifft. Unsere Nachbarn zum Beispiel sind noch nicht so weit. Und morgens, im Berufsverkehr in der U-Bahn, stößt man immer wieder auf Menschen ohne Stirnleuchte. Auch im Sommer am Strand ist mir das aufgefallen. Oder sogar in der Kunsthalle: Die Menschen stehen vor den Gemälden, ohne die Möglichkeiten einer Stirnleuchte zu nutzen. Selbst bei einem Rockkonzert im Fernsehen musste ich die Feststellung machen, dass diese größtenteils doch jüngeren und aufgeschlossenen Menschen keine Stirnleuchten trugen. Stattdessen standen sie am Ende auf und schwenkten brennende Feuerzeuge. Hier hätten sich, schon aus Feuerschutzgründen, elektrische Stirnleuchten geradezu angeboten, wobei das wiederholte An- und Abschalten der Stirnleuchten eindrucksvolle zusätzliche Effekte ermöglicht hätte.

Aber noch sind wir nicht so weit. Alles braucht seine Zeit. Und es gibt ganz offensichtlich Widerstände, wie ich in meinem unmittelbaren privaten Umfeld selbst erleben konnte. Dennoch ist mir eines völlig klar: Der Siegeszug der elektrischen Stirnleuchten wird weltweit nicht mehr aufzuhalten sein!

So retten wir unser Land

Es begann damit, dass die langjährige Gefährtin meines Lebens schlechte Laune hatte. Das begründete sie damit, dass Deutschland am Ende sei. Die Arbeitslosenzahlen seien weiterhin katastrophal, die Wirtschaft verhalte sich verantwortungslos und menschenverachtend, die Gewerkschaften verhielten sich realitätsfremd, die Politiker seien quer durch alle Parteien nur auf ihren persönlichen Vorteil bedacht, ohnehin schon Reiche würden unverhältnismäßig noch reicher, die Bindungslosigkeit in der Gesellschaft wachse, die Lebenshaltungskosten würden unaufhaltsam steigen, während die Realeinkommen noch unaufhaltsamer sinken würden. Die Armut greife immer mehr um sich, die Bürokratiesicrungslawine werde durch das vereinte Europa zusätzlich verstärkt, die Sache mit den Krankenkassen sei ohnehin unglaublich, die Russen würden uns über den Tisch ziehen und die Chinesen wie Inder unser Klima ruinieren, kurz – die Gefährtin meines Lebens war sozusagen emotional aufgeladen.

Ich versuchte, positiv auf sie einzuwirken: Die Bundesregierung sei doch ganz anderer Ansicht, die Wirtschaft würde inzwischen boomen, die Arbeitslosenzahlen seien rückläufig, die Rentenzahlungen seien teilweise um ein bis sogar zu zwei Euro monatlich erhöht worden und die globalen Entwicklungen hätten doch auch ihre Sonnenseiten.

Sie entgegnete zornig: „Wenn ich jünger wäre, würde ich auswandern. Dies ist kein Land für mich!"

Ich verkniff mir die Antwort, sie könne es ja mal in Afghanistan, in Indonesien, in China oder im Tschad versuchen. Außerdem war ich weder für die nationale wie die internationale Entwicklung verantwortlich. Dennoch wurde mir nach wenig mehr als einer halben Stunde klar, dass es Zeit war, mir Gedanken zu machen, wenn ich die nächsten Abende auch nur halbwegs in Ruhe bei einem Bier vor dem Fernseher verbringen wollte. Mir war ebenfalls klar, dass meine einzige Chance über den Umweg bestand, Deutschland vor den Gefahren zu retten – und zwar so schnell wir möglich!

Deshalb, meine Damen und Herren, freue ich mich, dass wir hier und heute an dieser Stelle zusammengekommen sind, um unser Land zu retten. In der Ruhe liegt die Kraft, und eine friedfertige Atmosphäre in unserem nächsten Umfeld, der Familie, sollte unser aller Ziel sein. Fangen wir an – die Dame dort vor mir in der zweiten Reihe rechts außen – ja, Sie! Kommen Sie! Kommen Sie einfach zu mir nach vorn! Es geht ganz schnell und tut auch gar nicht weh! Denken Sie daran: Wir wollen unser Land retten! Danke, ich begrüße Sie, setzen Sie sich auf diesen Stuhl, und ich setze mich neben Sie. Die Arbeitslosigkeit ist, das wissen wir, die Wurzel allen Übels. Deshalb müssen wir genau hier ansetzen, und da habe ich folgende sensationelle Idee entwickelt: Ich stehe ganz einfach auf und bin ab sofort nicht mehr arbeitslos. Nun fragen Sie natürlich: Wieso denn das? Es ist im Grunde genommen ganz einfach: Ich bin von diesem Augenblick an Ihr PAV – Ihr persönlicher Arbeitsvermittler. Und das ist der Trick: Da jeder Arbeitslose ab sofort seinen persönlichen Arbeitsvermittler bekommt, haben wir mit einem Schlag nur noch 1,7 Millionen Arbeitslose – eine überwältigende Entwicklung in kürzester Zeit.

Nun mag mancher fragen: Aber wie sollen denn diese persönlichen Arbeitsvermittler bezahlt werden? Auch das ist einfach zu beantworten: Sie erhalten weiterhin ihre Arbeitslosenbezüge als Sockelbetrag und zusätzlich erhalten sie aus einem Entwicklungsfond der Bundesregierung, die ja nun kurzfristig mit erhöhten Steuereinnahmen rechnen kann, sowie aus einem Investitionsfond der deutschen Wirtschaft, die vom nunmehr einsetzenden Kaufkraftanstieg profitieren wird, zusätzliche Zuschüsse. Ab sofort bahnt sich eine auf faszinierende

Weise angeheizte Binnenlandnachfrage ihren Weg.

Das Herausklammern der persönlichen Arbeitsvermittler (PAV) aus dem Arbeitslosenmarkt ist jedoch nur ein erster Schritt. Jetzt geht es erst richtig los: 1,7 Millionen persönliche Arbeitsvermittler können ja nicht einfach so auf der Straße herumvermitteln. Sie brauchen Arbeitsplätze, Beratungsräume, Sprechzimmer, sie brauchen Telefon, PC, Internet. Und sie brauchen vor allem Vorgesetzte, die nicht nur für ein positives Arbeitsklima sorgen, sondern die auch Arbeitsvermittlungsrichtlinien sowie Verwaltungsvorschriften umsetzen müssen. Zur Bewältigung dieses Verwaltungsaufwandes werden Sachbearbeiter, Sekretärinnen, Dieststellenleiter und Referenten für die verschiedensten Verwaltungsebenen benötigt. Rechnen wir nur auf zehn persönliche Arbeitsvermittler mit ihrem erforderlichen Verwaltungsstab je einen Vorgesetzten, auf zehn Vorgesetzte einen übergeordneten Vorgesetzten, sowie die erforderlichen Amtsleiter, dann verringert sich die Zahl der 1,7 Millionen Arbeitslosen noch einmal erheblich, was zugegebenermaßen Probleme aufwerfen kann, da nunmehr für die persönlichen Arbeitsvermittler nicht mehr ausreichend Arbeitslose vorhanden sind. Hier bietet sich ein Ausweg, indem sich zwei persönliche Arbeitsvermittler einen Arbeitslosen teilen.

Was hier geschieht, führt nun landesweit zu einem unglaublichen innovativen Aufschwung: Arbeits- und Freizeiträume für nunmehr rund zwei Millionen neue Erwerbstätige müssen angemietet, renoviert oder neu errichtet werden. Denn die Beratungen und der gesamte Verwaltungapparat können ja nicht auf der Straße stattfinden. Dies bedeutet einen unglaublichen Boom für den gesamten Immobiliensektor, aber auch für tausende von Zulieferfirmen, die für Büromöbel, Bürogeräte, Raumausstattung, Heizungs- und Klimaanlagen sorgen müssen.

Das Ganze führt natürlich zu einem positiven Lawineneffekt, wenn wir es mal so nennen wollen. Ein Schritt nach vorn zieht zwei weitere Schritte nach sich, die Konjunktur wird bis zur Weißglut erhitzt, eine Welle des Wohlstands wird, von Deutschland ausgehend, Europa überschwemmen. Der Fortschritt wird nicht mehr aufzuhalten sein. Man wird uns international wieder lieben, und wir Deutschen werden von einer Woge des Glücksgefühls getragen. Schluss mit der ewigen Jammerei, der Nörgelei, Schluss mit der selbstzerfleischenden Schwarzseherei. Wir alle sind ab jetzt Deutschland. Und Deutschland geht es gut.

Das muss ich jetzt nur noch der langjährigen Gefährtin meines Lebens klarmachen. Ich bin überzeugt: Damit hatte hatte sie nicht gerechnet. Und schon gar nicht so schnell. Aber ich bin es gewohnt, unterschätzt zu werden. Jedenfalls von ihr. In der Ruhe, das zeigt sich immer wieder, liegt die Kraft. Und ich freue mich auf heute Abend, auf den ersten gemeinsamen Fernsehabend voller Harmonie seit langer Zeit.

Und meinetwegen darf sie sich dann auch erstmal den Film ihrer Wahl einschalten ...

Ich bedanke mich bei Ihnen, dass Sie zu mir aufs Podium gekommen sind.

Mit dem Handy in die Zukunft

Ich persönlich habe noch Leute gekannt, die mit dem Handy telefonierten. Es waren ganz normale Menschen, keine Abenteurertypen, sondern durchaus seriös, weißhaarig oft, aber freundlich und zuvorkommend. Ich selbst beherrschte zu jener Zeit alle fünf Funktionen meines Handys perfekt: Den Stecker zum Aufladen in die Steckdose stecken, einschalten, die Nummer des gewünschten Gesprächspartner wählen, danach auf irgendeinen Knopf drücken, sprechen und ausschalten.

Erst viele Jahre später erfuhr ich, dass mein Handy tatsächlich nicht nur über fünf, sondern über zweiunddreißig Funktionen verfügte. Da war ich aber schon so verwöhnt, dass ich mir die Frage stellte: Sind damit wirklich alle Möglichkeiten des Handys ausgeschöpft? Genügt das den Ansprüchen, die man als moderner Mensch an die heutige Technologie stellen muss?

Gut ist natürlich, dass man inzwischen mit dem Handy fernsehen kann. Wer kennt sic nicht, die Situation: Da liegt man mit der Frau seiner Träume am Strand, fühlt die Sonne den eigenen Körper umschmeicheln, spürt die prickelnde Nähe des wundervollen weiblichen Geschöpfes direkt neben einem, hört das leise, verhaltene Plätschern der Wellen – aber weit und breit ist kein Mensch zu sehen, mit dem man sich unterhalten könnte. Langeweile droht aufzukommen. Was tun?

Heute kann man glücklicherweise mit dem Handy fernsehen: einen Reisefilm, der uns in faszinierende ferne Welten führt, einen Heimatfilm, der uns die Schönheiten der heimischen Natur nahebringt. Einen Krimi gar – oder eine Talkshow! Die Szene am Strand ist gerettet.

Aber auch darüber hinaus scheint der Siegeszug des Handys unaufhaltsam: Die Thüringer, die seit längerem in Deutschland im Bereich der Technologie einen Spitzenplatz eingenommen haben, konnten eine neue Anwendungsmöglichkeit entwickeln: den Handyweitwurf! Sie haben maßgeblichen Anteil daran, dass es seit geraumer Zeit eine „Vereinigung deutscher Handyweitwerfer" gibt. Der deutsche Rekordhalter Nico Morawa schraubte den deutschen Rekord inzwischen auf 67,52 Meter, der Weltrekord steht bei 82,54 Meter. Nach den 1. Deutschen Meisterschaften fanden bereits die ersten Europameisterschaften statt – der Siegeszug des Handy ist nicht mehr aufzuhalten.

Angesichts dieser Ausweitung des globalen Handywesens ist die kürzlich weltweit als „multimediale Wunderwaffe" präsentierte „Handy-Neuentwicklung" schon beim

Start überholt: Sie bietet lediglich ein „Breitbild-Display" als „Touch-Screen", gerade mal eine „Zwei-Mega-Pixel-Kamera", sowie „Push-E-Mail" und „USB-Anschluss", dazu Software unter anderem für Aktienkurse, E-Mail, Landkarten, Wettervorhersagen, Kalkulationen, Google-Maps und Werbung an.

Da kann man als versierter Handy-User natürlich nur lachen. Weltweit ist die Entwicklung schon viel weiter fortgeschritten: In Japan spielt man mit dem Handy Schiffeversenken. Dort setzt man Handys bereits als U-Boote ein. In einigen asiatischen Ländern kann man das Handy als Weltraumrakete starten, während man in gewissen Teilen Deutschlands immer noch damit beschäftigt ist, in der Heimwerker-Branche Handys als Ohrenschutz einzusetzen.

Aufsehen erregte eine andere interessante Neuentwicklung: Jeder von uns kennt das „Essen auf Rädern". Parallel dazu wurde nun das „Handy auf Rädern" bis zur Serienreife vorangetrieben. Man kann es an einem Halsband an die Hand nehmen und auf der Straße hinter sich herziehen. Nach Einschalten der Fernbedienung bellt das Handy. An landschaftlich besonders schönen Stellen kann man sich auf eine Bank setzen, das Handy auf den Schoß nehmen, es streicheln, einschalten und sich dann einen Heimatfilm ansehen, in dem die Schönheiten der deutschen Landschaft aufgezeigt werden.

Man spart dabei die Hundesteuer, wobei es allerdings wohl nur eine Frage der Zeit ist, bis diese durch eine Handysteuer ersetzt wird. Ich will gar nicht reden von freilaufenden Hühnern, die schon bald durch freilaufende eierlegende Handys ersetzt werden sollen. Es geht auch schon lange nicht mehr um neuentwickelte Handys, auf die man sich draufsetzen, die man in die Luft schleudern und einfach herunterfallen lassen kann – nein, ich möchte jetzt die Aufmerksamkeit auf ein von m i r entwickeltes Handy leiten: Niemand , der mich näher kennt, hätte mir das zugetraut. Und dennoch kann dieses Handy in Kürze in Produktion gehen: Es geht um ein Handy, mit dem man Suppe umrühren kann!

Am besten geeignet ist es für Frühlingssuppe mit Nudeln aus der Tüte. Den Beutelinhalt muss man mit dem Handy in gut ein Liter kochendes Wasser einrühren und fünf Minuten bei etwas geringerer Hitze weiter köcheln lassen. Die Zutaten bestehen zu 41 Prozent aus Nudeln, zu zehn Prozent aus sechs verschiedenen Gemüsesorten (darunter Karotten, Zwiebeln, Erbsen und Paprika). Nach weiteren fünf Minuten kann man das Handy in die Suppe legen und die Temperatur messen. Sobald die Suppe fie-

berfrei ist, kann man sie in einen Suppen-
teller umfüllen und endlich die Suppe aus-
löffeln, die man sich selbst eingebrockt hat.

Nils Perick

Küssen Sie keinen Tiger!

Nils Perick erlebt, wie wir alle, Tag für Tag aufs Neue den Alltag. Kopfschüttelnd schreibt er dann auf, was er voller Neugierde, mit Erstaunen und wachem Blick zur Kenntnis genommen hat. Er pflückt den Alltag auseinander kraft seines nachsichtigen und verständnisvollen, schließlich aber doch eher bissigen Humors. Mit „Küssen Sie keinen Tiger!" warnt Nils Perick eindringlich seine Mitmenschen. „Tiger", so der Autor, „sind vom Aussterben bedroht und stehen unter Artenschutz. Da muss man sie nicht auch noch dem Risiko aussetzen, von Menschen geküsst zu werden. Tiger sind das nicht gewohnt."
In 43 Szenen aus dem deutschen Alltag führt der Autor an, was ihn nachdenklich stimmt:
Nils Perick ...
... macht sich Gedanken über einen Mann, der unvermittelt auf offener Straße lacht
... fährt am Babymarkt vorbei, weil er gerade kein Baby braucht
... erkennt die Frauen als „das starke Geschlecht"
... glaubt zwischen Ordnung und Unordnung gewisse Gegensätzlichkeiten zu erkennen
... wundert sich, dass Urlaubmachen kein Lehrberuf ist
... würdigt die Leistung der Deutschen Post mit ihrer Einführung der „Zentralen Warteschlange"
... vermittelt die seelische Belastung eines Fahrgasts während einer Fahrkartenkontrolle

... protestiert mit einem Kamm gegen unser System

... analysiert die Bedeutung von Baustellen für unsere menschliche Gesellschaft

... vermittelt Tipps, wie man den deutschen Wald für Touristen attraktiver gestalten kann

Verlag BoD Norderstedt,
ISBN 978-3-8448-7374-0, PB, 192 S.
€ 11,50